ein Ullstein-Buch

Vom selben Autor
in der Reihe der
Ullstein Bücher

Agenten sind treue Feinde (1884)

Ullstein Buch Nr. 1909
im Verlag Ullstein GmbH,
Frankfurt/M – Berlin – Wien
Titel der englischen
Originalausgabe:
Moscow Quadrille
Übersetzt von Ute Tanner

Erstmals in deutscher Sprache

im Verlag Ullstein GmbH,
Frankfurt/M – Berlin – Wien
© 1976 by Ted Allbeury
Übersetzung © 1978 by
Verlag Ullstein GmbH,
Frankfurt/M – Berlin – Wien
Alle Rechte vorbehalten
Printed in Germany 1978
Umschlagfoto:
Photo Media, New York
Gesamtherstellung:
Ebner, Ulm
ISBN 3 548 01909 9

CIP-Kurztitelaufnahme
der Deutschen Bibliothek

Allbeury, Ted:
Quadrille mit tödlichem Ausgang:
Spionage-Thriller. – Frankfurt/M,
Berlin, Wien: Ullstein, 1978.
  (Ullstein-Bücher; Nr. 1909:
  Ullstein-Krimi)
  Einheitssacht.: Moscow quadrille ‹dt.›
ISBN 3-548-01909-9

Ted Allbeury

Quadrille mit tödlichem Ausgang

Spionage-Thriller

ein Ullstein Buch

Den ehemaligen und jetzigen
Mitgliedern des Special Forces Club,
London, und allen Mitgliedern des SOE,
deren Mut völlig ignoriert wurde,
als alles vorbei war.

1

Das gelbe Kornfeld war von rotem Mohn durchzogen, und am Weg blühten weiße und blaue Kornraden. Die Stadtmitte Moskaus war nur dreißig und der Äußere Ring weniger als zehn Kilometer entfernt. Sie saßen am Feldrain unter Ulmen und Buchen. Das Mädchen trug ein gelbes Sommerkleid mit weißen Borten. Der lange, weite Rock war ihr bis zu den Hüften hochgerutscht, die weißen Knöpfe am Ausschnitt standen offen. Während er ihre Brüste streichelte, trank sie Wodka aus der Flasche.

Sie hatte den Kopf zurückgelegt. Das dichte, blonde Haar fiel ihr in weichen Wellen über die Schultern. Sie war fast zwanzig, aber ihr Gesicht trug einen Ausdruck kleinmädchenhafter Unschuld, als sei sie sich ihrer Reize gar nicht recht bewußt. Die großen, blauen Augen waren fast geschlossen, weil die Sonne sie blendete, die langen Wimpern warfen weiche Schatten auf die Wangen. Krasin staunte wieder einmal, daß ein so bescheidenes, unscheinbares Elternpaar diese kleine Schönheit hervorgebracht hatte. Der Vater – seit fünf Jahren tot – war, nach den Fotos zu urteilen, ein blasser kleiner Angestelltentyp gewesen. Von der Mutter konnte sie nur die blauen Augen und die vollen Brüste geerbt haben.

Mit einem tiefen Zug leerte sie die Flasche und warf sie in das wogende Kornfeld hinter sich. Sie schaute ihn an. Er war mehr als doppelt so alt wie sie – ein gut aussehender, schon ein wenig verbrauchter Mann. Augen, in denen immer ein leiser Spott zu stehen schien. Mund und Kinn fest und voll. Das schwarze Haar noch kaum von grauen Strähnen durchzogen. Sie hatte einmal einen Film mit einem englischen Filmstar gesehen, einem gewissen Rex Harrison, dem er sehr ähnlich sah. Viktor Krasin besaß den gleichen unzerstörbaren Charme.

Es war heiß. Müde vom Wodka und von der Sonne legte sie sich zurück und ließ ihm sein Vergnügen. Seit ihrem fünfzehnten Lebensjahr wurde sie von Männern begehrt und hatte sie gewähren lassen, wenn sie sich ab und zu mit einem kleinen Geschenk revanchierten oder ihr einen Gefallen taten. Von Gefühlen war dabei bisher nie die Rede gewesen, aber das störte sie nicht weiter. Bei Krasin hatte sie allerdings manchmal den Eindruck, daß er sie wirklich mochte. Gelegentlich nahm er sie mit nach Moskau, sie erlebte ihn auf der Bühne, bei Fernseh- oder Funkaufnahmen. Auch zu Parties nahm er sie mit. An Annäherungsversuchen fehlte es dort nicht, aber sie wies alle anderen Bewerber ab, obgleich Krasin sich durchaus nicht als ihr alleiniger Herr und Meister aufspielte. In Moskau war sie auf ihn angewiesen, denn sie besaß keine Aufenthaltsgenehmigung für die Stadt und konnte sich deshalb dort weder ein Zimmer mieten noch allein in einem Hotel übernachten. Krasin war es auch gewesen, der ihr einen Platz an der Schauspielschule besorgt und sie getröstet hatte, als sie dort nach zwei Semestern an die frische Luft gesetzt worden war. Für eine Schauspielerlaufbahn, hatte die hohe Direktion befunden, sei sie wegen ihrer schwankenden Stimmungen denkbar ungeeignet. Ganz umsonst aber war die Ausbildung nicht gewesen. Zu ihrer natürlichen Geschmeidigkeit war eine harmonische Eleganz der Bewegungen gekommen, und es hatte sich eine außerordentliche Begabung für Englisch und Französisch gezeigt, die sich weiter ausbauen ließ.

Selbst mit geschlossenen Augen sah sie die orangefarbene Scheibe der Sonne. Sie mußte an ein Bild denken, das sie in Krasins Wohnung gesehen hatte. Nur der Vorname des Malers – Vincent – war ihr in Erinnerung geblieben. Wie eine große gelbe Blume hatte die Sonne auf dem Druck ausgesehen.

Eine Stunde später begleitete Krasin sie zurück ins Dorf, trank noch einen Tee bei ihr zu Hause und fuhr zurück nach Moskau. Sie solle heute abend Radio Moskau einschalten, sagte er ihr zum Abschied. Es gab wieder einmal eine Funkfassung von *Onkel Wanja*.

Der Mann war schon Anfang Fünfzig, aber er hatte eins jener glatten schottischen Gesichter, die ewig jung wirken. Das rote Haar paßte zu den frischen Wangen, den blauen Augen, den Sommersprossen und dem Schnurrbärtchen. Sir James Hoult saß auf der Kante des Doppelbettes und blätterte in dem neuen Angelkatalog. Die neuesten Wurfangelmodelle reizten ihn, aber die Preise waren gesalzen. Er klappte den Katalog zu und legte ihn neben sich aufs Bett. Vielleicht konnte man beim nächsten Urlaub mal in Alnwick vorbeifahren und versuchen, die Leute ein bißchen herunterzuhandeln.

Er stand auf und ging zum Spiegel, um die Smokingschleife zu binden. Dann zog er die Smokingjacke an. Ohne Schuhe war er ein bißchen klein für den Spiegel, aber die Größe reichte aus, um die beiden Reihen hübscher bunter Ordensbänder zu erkennen. Es überraschte ihn immer wieder, wie sehr die Russen Gesellschaftskleidung, Orden und Ehrenzeichen liebten. Die Wertschätzung von Kriegsauszeichnungen allerdings konnte er ihnen nachfühlen. Für Sir James zerfiel die Welt – eine rasche und unkomplizierte Einteilung – in zwei Gruppen:

In diejenigen, die im Zweiten Weltkrieg gekämpft und in die anderen, die ihn als Drückeberger in der Heimat verbracht hatten.

Er war dabei, sich die Schnürsenkel zuzubinden, als seine Frau das Zimmer betrat. Sie war schon längst fertig. Während sie seine im Zimmer verstreuten Sachen aufhob und aufräumte, sagte sie lächelnd: »Leg die Schuhe nicht aufs Bett, Jamie! Schade, daß ich dich nie in Uniform gesehen habe. Der Kilt muß sehr schick an dir ausgesehen haben.«

Sie setzte sich in einen der Gobelinsessel. Adèle Hoult, geborene de Massu, war eine sehr elegante Botschafterfrau, und Seine Exzellenz wußte, daß ohne sie das Moskauer Gesellschaftsleben während seiner Amtszeit ein neues Tief erreicht hätte. Wenn man Kindheit und Jugend in einem Haus in der Avenue Foch und auf einem Schloß an der Loire verbracht hat, wird man mit der Moskauer Botschaft spielend fertig.

Während sie etwas in ihrer Handtasche suchte, betrachtete er sie liebevoll. Das Licht fiel auf ihr glänzendes, schwarzes, zu einem eleganten Knoten geschlungenes Haar, auf den kindlich-zarten Nacken, die weißen Schultern. Sie sah auf.

»Warum lächelst du?«

»Weil du schön bist.«

Sie schüttelte den Kopf. »Das ist eine Diplomatenantwort. Die Wahrheit dürfte schmuckloser, aber netter sein.«

Er nickte. »Du hast recht, wie immer. Du siehst aus wie ein sehr junges Mädchen, das zu seiner ersten Gesellschaft geht.«

Ein paar Sekunden sah sie ihn schweigend aus nachdenklichen braunen Augen an. »Erstaunlich scharfe Augen hast du«, sagte sie dann leise. Sie hakte sich bei ihm ein, und zusammen gingen sie zur Tür. Sie liebte ihren Mann. Alle sagten, er sei der zäheste Schotte in einer zähen Bande, aber sie wußte es besser. Er hätte Pfarrer werden sollen statt Offizier. Und nie und nimmer hätte er Diplomat werden dürfen.

Der KGB-Leutnant beobachtete das Steuerpult. Es war kurz vor Mitternacht. Auf der Bank vor ihm standen sechs Tonbandgeräte, Revox-Maschinen mit supergroßen Spulen. Sie waren alle angeschlossen, aber nur zwei Spulen drehten sich, in Bewegung gesetzt durch Laute aus den in der Botschaft versteckten Mikrophonen. Nummer drei nahm gerade eine Unterhaltung auf, die der Handelsattaché in seinem Büro mit einem durchreisenden Geschäftsmann führte. Er war mit dem britischen Diplomaten auf dem Empfang der französischen Botschaft gewesen und erkundigte sich jetzt nach dem Moskauer

Nachtleben. Er bekam die üblichen Tips und Warnungen. Auf Nummer fünf diktierte der Botschafter seiner Sekretärin Aktennotizen, in denen Neuigkeiten und Klatschnachrichten festgehalten wurden, die er auf dem Empfang erfahren hatte. Die Sekretärin war neu. In dem russischen Überwachungsteam hatte es unter den englischsprachigen Experten heftige Auseinandersetzungen über ihren Akzent gegeben. Entschieden hatte den Streit der Phonetik-Professor der Universität Leningrad: Sie stammte aus der Gegend von Birmingham. Aber auch er hatte sich erst nach einer oszilloskopischen Prüfung endgültig festlegen können.

Wie alle anderen diplomatischen Vertretungen wurde auch die britische Botschaft rund um die Uhr abgehört. Normalerweise fiel diese Aufgabe in die Zuständigkeit von Abteilung III. Erst seit vier Wochen hatte Abteilung I, die Überwachung übernommen, und ein englischsprachiges Expertenteam war für die Operation abgestellt worden. Was hier eigentlich gespielt wurde, hatte man den Fachleuten allerdings nicht verraten.

Der Artikel mit Foto prangte auf der Titelseite des *Kent* Messenger. Das Foto zeigte Piers Hoult, Sir James Hoults Ältesten, bei der Übergabe des blauen Zulassungsbuches für eine Zwölf-Meter-Fiberglasjacht an den Leiter der Pfadfinder von Medway. In dem Artikel hieß es, die Jacht sei ein Geschenk der sowjetischen Handelsmission an Sir James als Dank für seine Hilfe bei der Absatzförderung für diese in der Sowjetunion gebauten Boote in Großbritannien. Er wiederum habe das Boot den Pfadfindern geschenkt und den jungen Leuten damit offenbar eine große Freude gemacht.

Der KGB-Komplex war zwar schon seit längerer Zeit in den klotzigen Neubau am Äußeren Ring umgezogen, aber gelegentlich wurde, besonders von den hohen Tieren, das alte Hauptquartier am Dsershinsky-Platz noch benutzt. Die alten Hasen fühlten sich dort wohler. Das galt besonders für kleinere Sitzungen.

Der Raum war eine Mischung aus Empire und Jugendstil: Weinrote Samttapete, hohe, schmale Fenster. Die Läden waren zurückgeschlagen, und ein sanfter Herbstwind spielte mit den Säumen der langen Tüllgardinen. An einem Ende des Raums stand vor einem großen Kamin ein runder Tisch mit Obst und Nüssen, um den acht bequeme Ledersessel gruppiert waren. Über dem Kaminsims hing ein altes Leninplakat im

Ahornholzrahmen. Am anderen Ende des Raums stand ein Konferenztisch mit glänzender Mahagoniplatte: vor fünf Stühlen lagen Papier und Bleistifte.

Dort saßen bereits vier Männer. Einer sah von seinen Notizen auf, als sich die Tür öffnete, nickte dem Eintretenden zu und schrieb weiter. Er spürte, daß die anderen drei sich über die Verspätung ärgerten, aber er selbst fühlte keinen Zorn. Dieser Auftritt war typisch Krasin. Gleich darauf legte er den Stift aus der Hand und schob die Akten zur Seite. Er sah auf, sein Blick streifte über die mit ihm am Tisch Sitzenden.

»Tee und Kaffee, Obst und so weiter stehen hinten auf dem Tisch. Bedient euch. Während der Sitzung können Notizen gemacht werden, sie müssen aber zerstört werden, ehe wir das Haus verlassen. Das Thema dieser Besprechung ist streng geheim.«

Er wartete nicht auf eine Bestätigung. Oberst Solowjew hatte das nicht nötig. Er rollte den Stift ein paarmal auf dem grünen Aktendeckel hin und her, dann schob er ihn beiseite und lehnte sich zurück, die Augen geschlossen, um sich besser konzentrieren zu können. Er sprach mit deutlichem georgischen Akzent.

»Vor etwa acht Wochen bekamen wir einen Bericht von unserer Londoner Botschaft. Der wesentliche Punkt war, daß man den derzeitigen britischen Botschafter in Moskau in etwa acht Monaten nach London zurückberufen wird.« Er öffnete die Augen, stützte die Arme auf den Tisch und lehnte sich vor.

»Das wäre von jetzt ab in einem halben Jahr. Der Bericht unserer Leute in London wird durch ein Gespräch bestätigt, das Gromyko vor zwei Wochen in der britischen Botschaft in Paris geführt hat. Die Briten haben bei diesem Gespräch – sozusagen als Versuchsballon – den Namen des Mannes in die Debatte geworfen, den sie als seinen Nachfolger vorgesehen haben, übrigens ein durchaus akzeptabler Mann. Gromyko machte die üblichen schmeichelhaften Bemerkungen über den derzeitigen Botschafter und bekam deutliche Hinweise darauf, daß auf Seine Exzellenz ein neuer Aufgabenbereich wartet. So wie es aussieht, ist geplant, ihn zum persönlichen Berater des Premierministers für außenpolitische Fragen zu ernennen.«

Er legte eine wirkungsvolle Pause ein und fuhr dann fort: »Wir hätten diesen Mann gern auf unserer Seite. Sechs Monate haben wir Zeit, um das zu erreichen. Deshalb habe ich diese Sitzung einberufen.«

Er zog sich die Akten heran und griff nach dem umfangreichsten Ordner. »Zunächst die Personalien. Name: Sir

James Fletcher Hoult. Geboren 1920. Besuch der Manchester Grammar School. Mäßige schulische Erfolge. Sechs Jahre lang, von 1939 bis 1945, Dienst in einem schottischen Infanterieregiment. Im Rang eines Majors aus dem Militärdienst entlassen. Leitende Posten in der Kontrollkommission in Hannover, dann Sonderberater für Westeuropa im Foreign Office. Kein Familienvermögen. Eheschließung mit einer Französin, Adèle de Massu, Tochter eines reichen und einflußreichen Finanzmannes. Nach der Heirat Eintritt in eine Londoner Handelsbank, wo er als Investmentberater für europäische Anlagen tätig war. Vor zweieinhalb Jahren zum britischen Botschafter für die Sowjetunion ernannt.« Er sah auf und lehnte sich zurück. »Das wär's in Kürze. Wir haben einen fünfseitigen Bericht über ihn, den ihr später lesen könnt. Ich möchte gern hören, was Viktor uns zu sagen hat.« Er deutete auf Krasin, der mit leichtem Lächeln dasaß. Aufgrund seiner Doppelrolle als Schauspieler und KGB-Mann konnte er sich schon mal einen Ausbruch aus der strengen Dienstroutine leisten.

»Ich kenne sie beide gut, Alexander. Sie ist eine äußerst charmante Frau. Sehr interessiert an kulturellen Dingen – Theater, Malerei, Dichtung – und sehr, sehr attraktiv. Was ihn anbetrifft – tja, ich würde sagen, daß er uns weder haßt noch liebt. Ohne seine Berichte nach London gesehen zu haben, schätze ich, daß er immer ziemlich neutral geblieben ist.«

Solowjew nickte und sah den Mann an, der ihm gegenüber saß. »Lesen Sie uns vor, was wir noch an Hintergrundmaterial über ihn haben, Sergei.«

Sergei Kusnezow schätzte diese Phase der Gespräche nicht, in der man den Bereich der Fakten verließ und sich auf das Gebiet der Spekulationen begab. Er sah über seinen Brillenrand erst Krasin, dann Solowjew an, dann beugte er sich über seine Papiere.

»Zuerst die Frage des neuen Aufgabenbereichs. Wir haben in den letzten vierzehn Tagen Fotokopien von Dienstanweisungen des Umweltministeriums bekommen, mit denen bestimmte bauliche Veränderungen und Renovierungsarbeiten am Dienstsitz des Premierministers angeordnet werden. Das sieht ganz danach aus, als sollte hier ein wichtiger Mitarbeiter des Regierungschefs einziehen. Als Fertigstellungstermin ist der Februar festgesetzt worden. Das entspricht dem Zeitpunkt, zu dem Hoult für eine neue Aufgabe verfügbar wäre. Seine Exzellenz hat nie einer politischen Partei angehört, ist aber seit seiner Schulzeit ein persönlicher Freund des Premierministers. Sie haben den Kontakt – von der Kriegszeit einmal abgesehen – nie abreißen lassen. Aus vielen unserer Berichte geht hervor, daß der Premier häufig Hoults Rat in innen- und außenpolitischen Fragen eingeholt hat. Trotzdem steht er der Partei des Premierministers nicht besonders positiv gegenüber. Wir wissen, daß Hoult sich über beide großen Parteien verschiedentlich sehr kritisch geäußert hat. Aber zweifellos geht seine Berufung zum Botschafter in Moskau auf das Drängen des Premierministers zurück. Die Karrierediplomaten und Beamten waren alles andere als erfreut darüber.

Gedient hat er bei der *Black Watch,* einem schottischen Regiment, in dem noch der Kilt getragen wird. Wir haben in unseren Akten Fotos der Uniformen und auch Bilder von Hoult als Offizier.

Über Hobbys, sportliche Betätigungen oder außereheliche sexuelle Aktivitäten liegt uns nichts vor.«

Er schob seine Brille auf die Stirn. »Wir haben seine Finanzen überprüft. Er hat ein Konto bei einer Zweigstelle der Barclays Bank in Tunbridge Wells. Vor vier Tagen hatte er 7400 Pfund auf seinem Spar- und 710 Pfund auf seinem Girokonto. Er besitzt ein Haus in einem Dorf bei Tunbridge Wells, das auf 35 000 Pfund geschätzt und von einer Haushälterin und einem Teilzeitgärtner betreut wird. Wenn er in den Ruhestand tritt, erwartet ihn – in heutigem Wert – eine Pension von 7000 Pfund im Jahr.«

Er hielt inne und sah Solowjew an, doch dieser schwieg.

»Haben wir schon mal versucht, ihn uns mit Geld zu angeln, Solowjew?« fragte Krasin.

Dieser nickte. »Natürlich. Zu dem ersten Geburtstag, den Madame in Moskau verlebte, haben wir ihr eine Kamera geschenkt, zum letzten Jahrestag der Revolution eine goldene Uhr und zu ihrem vergangenen Geburtstag eine wertvolle Ikone. Unsere Leute in London sind der Sache nachgegangen. Sämtliche Geschenke sind pflichtschuldigst dem Foreign Office gemeldet worden, ebenso alle offiziellen und inoffiziellen Geschenke, die Seine Exzellenz erhalten hat.

Wir hatten ihn um seine Hilfe bei der Absatzförderung unserer Glasfiberboote gebeten. Eine der Jachten ließen wir auf seinen Namen eintragen und zahlten für drei Jahre einen Liegeplatz in Medway. Er gab das mit der gebührenden Dankbarkeit in der Öffentlichkeit bekannt und schenkte das Boot den örtlichen Jugendorganisationen in Chatham.

Es gibt da noch ein paar Anläufe, aber meiner Ansicht nach steht fest, daß wir ihn mit Geld nicht bekommen. Er ist sehr vorsichtig und gewissenhaft.«

Krasin nickte. »Das würde ich auch sagen. Und homosexuell ist er auch nicht, für so etwas habe ich eine feine Nase.« Er blies sich eine unsichtbare Staubflocke vom Ärmel und sah Solowjew offen an. »Es wird gut sein, Alexander, wenn du jetzt deine Karten auf den Tisch legst, sonst verirren wir uns womöglich noch auf Nebenwege.«

Solowjew stand auf, trat an den Tisch mit dem Obst heran und betastete die großen Birnen, bis er eine gefunden hatte, die ihm behagte. Er biß hinein, ging zum Konferenztisch zurück und blieb hinter seinem Stuhl stehen.

»Das zuständige Unterkomitee des Präsidiums wünscht, daß dieser Mann uns entweder wohlgesinnt ist oder sich uns gegenüber verpflichtet fühlt. Bei allem, was wir tun, um dieses Ziel zu erreichen, ist es wichtig, äußerst diskret vorzugehen. Personelle und finanzielle Mittel stehen uns unbegrenzt zur Verfügung. Die Operation hat auf dem nichtmilitärischen Sektor absolute Priorität. Der Botschafter interessiert uns nicht nur wegen seines Einflusses auf den Premierminister, sondern wegen der derzeitigen Situation in Großbritannien.« Er wischte sich den Birnensaft von der Hand und deutete auf den vierten seiner Mitarbeiter.

»Levin hat eine ausführliche Auswertung der politischen Lage in Großbritannien vorbereitet. Für diese Sitzung genügt zunächst eine Zusammenfassung.«

Er gab dem untersetzten Mann in der Uniform eines KGB-Majors einen Wink. Dieser nickte und fing an zu sprechen, ohne einen Blick in seine Akten zu werfen.

»Mit dem, was ich sage, gebe ich die Ansichten der Abteilung Sondereinsätze wieder. Man ist dort der Meinung, daß Großbritannien zur Zeit der marxistisch am stärksten beeinflußte Staat Westeuropas ist. Zu dieser Entwicklung ist es allmählich, aber nicht unbedingt auf Wunsch der Bevölkerung gekommen.

Von 1973 ab konnten wir unseren Einfluß in den Gewerkschaften, in den Medien und bei den Politikern zunehmend verstärken. Die Einstellung zur Kontrolle der Betriebe durch die Arbeitnehmer, zu den hohen Steuern, der Verstaatlichung ganzer Industriezweige, zur Zensur und Steuerung der Presse hat sich durch geschickte Gesetzgebung geändert. Es zeigen sich allerdings zur Zeit gewisse Zeichen des Widerstandes von seiten des Parlaments und der Bevölkerung. Seit vielen Jahren verteilen sich die Stimmen in Großbritannien jeweils zur Hälfte auf die beiden großen Parteien; das ist nach wie vor der Fall, aber es zeichnet sich eine zunehmende Verstimmung über die in letzter Zeit erlassenen Gesetze ab. Die Opposition bekommt in Nachwahlen und Kommunalwahlen wachsende Unterstützung.

Der Premierminister konnte allem Anschein nach bisher immer erfolgreich zwischen dem rechten und dem linken Flügel seiner Partei vermitteln. Fast zwei Jahre lang war die Opposition zerstritten, aber jetzt kann sie eine steigende Zahl von Anhängern verzeichnen. Die Presse schießt aus allen Rohren gegen die Linken, und nach Meinung der Abteilung für Sondereinsätze ist es durchaus denkbar, daß dieser Druck in einem Jahr den Premierminister zwingen könnte, abzudanken oder Neuwahlen auszuschreiben. Der Botschafter soll ihn bei der Stange halten. Wir brauchen noch etwa eineinhalb bis zwei Jahre, um unsere Position zu stabilisieren.«

Nachdenklich musterte er Krasin, den Außenseiter. Dieser machte schmale Lippen und zuckte die Schultern.

»Sind denn die Briten so wichtig für uns, Genossen?«

Es war Solowjew, der sich rasch einschaltete.

»Allerdings, mein Freund. Wir haben große kommunistische Parteien in Italien und Frankreich, aber was erreichen wir mit denen? Rein gar nichts. In London haben wir mehr Fortschritte erzielt als in ganz Europa zusammengenommen. Die Kontrolle sämtlicher Energiequellen, sämtlicher Medien, sämtlicher Verkehrsmittel ist zum Greifen nahe. Zugegeben, der Parteiapparat, über den wir dort verfügen, ist nicht der Rede wert, aber darauf kommt es gar nicht an. Wir könnten in Großbritannien durch eine offene Revolution in zwei Monaten an die Macht kommen, aber der Preis, den wir dafür zu zahlen hätten, wäre hoch. Über Nacht hätten wir damit das übrige Europa verloren. Wenn die Machtergreifung still und unbemerkt kommt – und das ist bereits angebahnt –, geht ganz Europa früher oder später freiwillig denselben Weg. Alles, was wir brauchen, ist Zeit.

Der Botschafter wird nicht unsere einzige, aber er könnte die entscheidende Waffe sein. Wenn schwache, ehrgeizige Männer unter Druck geraten, kann ein scheinbar neutraler Ratschlag den Ausschlag geben. Das Komitee hat entschieden, daß alle Anstrengungen gemacht werden müssen, diesen Mann auf unsere Seite zu ziehen.«

Es gab eine kleine Pause. Dann fragte Krasin: »Soll er *wirklich* auf unserer Seite stehen, oder genügt es, wenn er sich von uns steuern läßt?«

Solowjew nickte ihm anerkennend zu. »Du hast es erfaßt, Viktor. Eine echte Loyalität wäre uns natürlich am liebsten, aber wir würden uns auch damit zufriedengeben, ihn unter unseren Einfluß zu bringen – freiwillig oder unfreiwillig. Die besten Kräfte sollen für diese Aufgabe mobilisiert werden. Deshalb bist du hier, Viktor. Wir werden alle Anstrengungen unternehmen, den Botschafter von unserer Politik zu überzeugen. Vorsichtshalber aber werden wir uns auch bemühen, eine Verpflichtung zu schaffen, der er sich nicht entziehen kann.«

Krasin stand auf und streckte sich. »Es gibt noch einen Punkt, an dem wir ansetzen könnten, Alexander.«

»Nämlich?«

Krasin wandte sich ihm lächelnd zu. »Wie steht es mit Madame? Sie dürfte wesentlich leichter zu beeinflussen sein als Sir James«

»Hm – da ist wahrscheinlich Vorsicht geboten. Auf keinen Fall dürfen wir auffallen. Aber das können Sie wahrscheinlich am besten beurteilen, mein Freund.«

Krasins Lächeln wurde breiter. »Heißt das, daß Sie mir die Regie antragen?«

»So ist es. Ich bitte um Vorschläge.«

Krasin ließ sich wieder in seinen Sessel fallen und streckte die langen Beine aus. Die Hände hatte er tief in die Taschen geschoben. Nachdenklich kaute er an der Unterlippe.

»Es läuft also auf die ›Schwalben‹ heraus«, meinte er schließlich. »Mit Geld erreichen wir nichts, mit hübschen Knaben auch nichts – also müssen die Mädchen her. Wer käme da in Frage? Sie sollte im Typ seiner Frau möglichst ähnlich sein, würde ich sagen. Elegant, gebildet, unabhängig, talentiert. Eine ausgesucht schöne Brünette. Männer fliegen entweder auf denselben Typ in einer jüngeren Ausgabe oder auf das genaue Gegenteil. Bei Sir James tippe ich darauf, daß ihn derselbe Tip reizt.«

»An wen denkst du?«

Ausnahmsweise einmal machte Krasin ein ernstes Gesicht. Er hatte die Hände wie im Gebet zusammengefügt, die Fingerspitzen berührten seine Lippen. Eine Weile wiegte er sich leicht auf seinem Stuhl hin und her und sah in tiefer Konzentration vor sich hin. Dann saß er lange ganz still. Schließlich legte er die langen, schmalen Finger in einer entschlossenen Bewegung fest zusammen und wandte sich wieder seinen Kollegen am Tisch zu.

»Ich schlage Lydia vor. Lydia Uspenskaja.«

Er lächelte zufrieden. Es war Solowjew, der als erster das Wort ergriff. »Ist das die junge Frau, die in der vorigen Woche die Fernsehsendung über moderne Filme moderiert hat?«

»Genau. Ich habe die Sendung nicht gesehen, aber Lydia wird seit fast zwei Jahren eingeschaltet, wenn wir mit den Amerikanern und Engländern über gemeinsame Filmprojekte verhandeln.«

»Was sind das für gemeinsame Filmprojekte?« Kusnezow zog ein mißbilligendes Gesicht, und Krasin machte es Spaß, ihn noch mehr in Rage zu bringen.

»Der Tschaikowski-Film wurde zusammen mit den Amerikanern, ›Das rote Zelt‹ in Zusammenarbeit mit den Engländern gedreht. Der männliche Star war ein Engländer, ein gewisser Peter Finch.«

»Stimmt das, Solowjew?«

»Wenn Genosse Krasin es sagt, wird es schon stimmen. Für Filme ist er zuständig. Was wird sie verlangen, Viktor?«

Krasin zuckte lächelnd die Schultern. »Geld und gute Worte – und unablässige Bewunderung.«

»Sie ist sehr schön. Hat sie Erfahrung;«

»Sie meinen – im Bett?«

»Im Bett – und auch sonst in solchen Operationen.«

»Große Erfahrung sogar. Sie war mit mehreren Generälen und einer Handvoll Diplomaten liiert, und Schauspieler hat sie natürlich schon jede Menge durchprobiert. Im übrigen würde sie bei dieser Aktion tun, was ich ihr sage. Sie wäre die Idealbesetzung.«

Solowjew sah die anderen an. »Irgendwelche Einwände?«

Sie schwiegen.

»Gut, Krasin, Sie übernehmen die Oberleitung. Eine gute Regie, verstanden? Und keine falschen Töne.«

2

Krasin war allein zurückgeblieben und hatte sich in die Akten vertieft. Er las sie mit einer Gründlichkeit, die seine Kollegen – außer Solowjew – überrascht hätte. Es war schon nach Mitternacht, als er auf der kleinen Vortreppe stand und über den Roten Platz sah.

Die Lichter spiegelten sich in den tiefhängenden Wolken, und als er über den Swerdlow-Platz ging, sah er die weiße, in Scheinwerferlicht getauchte Fassade des Bolschoi-Theaters und die jungen Leute, die sich dort die Fotos und Programme in den Glaskästen anschauten. Auch das Ausländerhotel National war hell beleuchtet. Einen Augenblick lockte es ihn, wieder unter vergnügten, lebhaften Menschen zu sein, aber die Regung war gleich wieder vorbei. Er ging die Gorkistraße hinauf zu dem Wohnblock, in dem er seine zwei Zimmer hatte.

Er machte Licht und sah sich im Wohnzimmer um. Der Instinkt des Einzelgängers trieb ihn, stets die ganze Wohnung zu inspizieren, ehe er sich entspannte. Irgendwann, bei einer neuen Nacht der langen Messer, würde er heimkommen und feststellen, daß die falsche Seite gewonnen hatte. Dann würden die Möbel zerschlagen, die Tapeten von den Wänden und die Bodenbeläge vom Fußboden gerissen sein, die Schläger von der Fünften Hauptabteilung würden ihn angrinsen und darauf warten, daß er sich umdrehte und die Flucht ergriff. Aber heute war alles in Ordnung.

Er zog sein Jackett aus, goß sich einen Whisky ein und trank ihn schluckweise. Dann stellte er das Glas auf dem Fensterbrett ab und setzte sich an den Flügel.

Er war kein Profi, aber seine Leistungen als Hobbypianist waren beachtlich. Er schob die Ärmel zurück. Eine Weile glitten seine Finger wie suchend über die Tasten, dann erwachte seine Linke zum Leben, sein kleiner Finger griff die Dezimen, die ihn so faszinierten. Aus dem Kontrapunkt von *Manhattan* glitt er in Chaminades *Plaisirs d'Amour* und spielte dann ein Chanson, in dem es in einer Zeile hieß: »le chaland qui passe...« An die nächsten Worte konnte er sich nicht mehr erinnern. Er stand auf und schaltete das Radio ein. Die Klänge von *Kalinka* erfüllten den Raum. Das war in dieser Woche jetzt schon das dritte Mal um diese Zeit... Wahrscheinlich ein Kode von Abteilung 13 an einen einsamen »Illegalen« in Paris, Hamburg oder London. Die Programmzusammenstellung in den frühen Morgenstunden war manchmal recht sonderbar.

Er griff nach seinem Adreßbuch, schlug eine Nummer nach und wählte. Er ließ es drei, vier Minuten lang läuten, aber niemand meldete sich. Wahrscheinlich war sie bei dem blonden Generalmajor – wie hieß er doch gleich? Der Name fing mit S an. Simonow, Sinjowski... Ja, das war's. Andrei Sinjowski. Ein aufgeblasener Bursche, er hätte ihr Großvater sein können, aber weiter als bis zum Generalmajor hatte er es nicht gebracht. Krasin ließ sich vom Moskauer Hauptquartier Sinjowskis Nummer geben. Nach langem Warten meldete sich eine heisere Männerstimme.

»Sinjowski. Wer ist dort?«

»Ich hätte gern Lydia Uspenskaja gesprochen, Genosse General.«

»Wer, zum Teufel, spricht da?«

Krasin lächelte vor sich hin, aber er schwieg. »Wer ist dort?« wiederholte der General merklich lauter.

»Ich möchte die Uspenskaja sprechen.«
Es gab eine kleine Pause, und dann sagte die Stimme vorsichtig: »Sie ist nicht greifbar.«
Krasin grinste. Bei diesen dickschädeligen Militärs brauchte man nur zu warten, bis sie sich in ihrer eigenen Schlinge gefangen hatten.
»Verstehe. Dann fragen Sie sie doch bitte mal nach der Nummer ihrer Moskauer Aufenthaltsgenehmigung...«
Am anderen Ende der Leitung hörte man schweres Atmen, dann die gurrende Schlafzimmerstimme des Mädchens.
»Hier Lydia Uspenskaja. Wer ist dort?«
»Krasin, mein Schatz. Ich muß dich sprechen. In meiner Wohnung.«
»Jetzt?«
»Jetzt.«
»Aber es ist fast halb drei, Viktor.«
»Und?«
»Wo ist Jelena? Habt ihr euch gestritten?«
Krasin seufzte. »Es ist dienstlich, Lydia. Bitte zieh dich an und komm gleich her. Er soll dich vor der Haustür absetzen, ich warte oben.« Er legte auf.

Selbst in dieser grauen Morgenstunde wirkte sie modisch-schick und sehr gelassen. Das schwarze Kostüm im Chanel-Look stammte sichtlich aus Paris. Nur die hohen Wangenknochen verrieten ihre slawische Herkunft. Die klare, hohe Stirn, die schmale, vollendete Nase, die dunkelbraunen Augen hätten auch einer anderen internationalen Schönheit gehören können. Der Mund war schön geschwungen und hatte an jeder Seite ein tiefes Grübchen, auch wenn sie nicht lächelte. Die langen Beine hatte sie übereinandergeschlagen.
Sie schüttelte den Kopf, als Krasin ihr eine Zigarette anbot, und wartete gespannt auf eine Erklärung. Die Mitglieder des weiblichen Stabes, der zur Verführung von Ausländern bereit stand, hießen im KGB-Jargon »Schwalben«. Auch Lydia Uspenskaja war eine Schwalbe, aber sie wurde nur ausnahmsweise eingesetzt, weil ihre Talente sonst anderweitig genutzt wurden. Nur für besondere Gelegenheiten griff man auf ihre Dienste zurück. Ihre lockere, aber anhaltende Beziehung mit Krasin fußte auf ihrer Tätigkeit im künstlerischen wie auch im KGB-Bereich. Sie sah in ihm einen Freund und vertraute ihm, soweit man in diesen Kreisen von Vertrauen sprechen konnte. Wie viele schöne und intelligente Frauen in Moskau fand sie ihn sowohl geistig als auch körperlich anziehend. Es gab Hun-

derte von attraktiven Männern in der Stadt, aber Krasin nahm entschieden eine Sonderstellung ein. Druck von oben schien ihm gleichgültig zu sein, und bei den unvermeidlichen Zusammenstößen mit den Parteibonzen schien er stets einen Schutzengel zu haben. Bei den Ausländern war er beliebt, ja, sie sahen in ihm fast einen der ihren. Aber darin, das wußte Lydia, irrten sie sich. Hinter dem Charme und dem schillernden Schauspielergehabe verbarg sich unerschütterliche Parteitreue. Er selbst riskierte die gewagtesten politischen Witze, aber wenn er die Namen derer nicht verriet, die darüber am lautesten gelacht hatten, dann wohl deshalb, weil sie ihm zu unbedeutend waren.

Sie hatte zweimal mit ihm geschlafen und hatte – obgleich sie das natürlich nicht beweisen konnte – das Gefühl gehabt, daß er sie nur ausprobierte. Daß er Lust dabei empfunden hatte, bezweifelte sie nicht, aber selbst den Höhepunkt hatte er mit geöffneten Augen erlebt, sie unablässig beobachtend.

Jetzt setzte er ihr über eine Stunde lang seine Pläne in allen Einzelheiten auseinander und gab ihr ausführliche Anweisungen. Warum der Botschafter so wichtig war, verriet er ihr nicht.

Krasin versprach, ihr eine Moskauer Aufenthaltsgenehmigung und eine kleine Wohnung am Majakowski-Platz zu besorgen. Im KGB-Lohnbüro im Ministerratsgebäude des Kreml sollte ihr ein Konto eingerichtet werden. Sie bekam einen einfachen Wortkode, den sie beim Telefonieren benutzen sollte, und zwei Telefonnummern. Die eine war für Routinemitteilungen, die andere für Notfälle bestimmt.

In den nächsten drei Tagen hörte sich Krasin die Bänder mit den belauschten Botschaftsgesprächen an. Er unterhielt sich lange mit zwei der Hausmädchen und dem Botschaftsfahrer. Ende der Woche stand der Zeitplan für die Aktion. Ein Team sollte sich eine der englischen Sekretärinnen vornehmen, ein anderes es beim Handelsattaché versuchen. Inzwischen hatte Lydia Uspenskaja bereits an zwei diplomatischen Empfängen teilgenommen, die auch der Botschafter besucht hatte. Krasins Anweisungen folgend hatte sie keinen Versuch gemacht, einen direkten Kontakt herzustellen.

Mitte der darauffolgenden Woche wurden Sir James und seine Frau zu einer Cocktailparty des Bildungsministeriums in den Kreml eingeladen. Krasin hatte Hoults Reaktionen genau beobachtet, als Lydia den Exzellenzen vorgestellt wurde. Sie waren über konventionelle Höflichkeitsbezeugungen nicht hinausgegangen.

Nach Aussage aller Botschaftsangestellten war die Ehe der Hoults harmonisch. Madame kümmerte sich um die gesellschaftlichen Verpflichtungen, ihr Mann machte pflichtschuldigst, aber ohne große Begeisterung mit. Im ersten Monat des Einsatzes waren Krasin, Lydia, manchmal auch Jelena zwei- oder dreimal in der Woche mit dem Botschafter zusammen. Lydia war dabei nur eins von mehreren hübschen Mädchen in dem Kreis um Krasin, und erst in der sechsten Woche war sie erstmals kurz mit dem Botschafter allein.

Es war ein typischer Moskauer Herbstabend mit einem samtblauklaren Sternenhimmel. Hinter den gleißenden Scheinwerfern, die auf das Spielfeld und die Ehrentribünen gerichtet waren, verschwand die Zuschauermenge bis auf die kurzen Augenblicke, in denen ein Streichholz aufflammte, um eine Pfeife oder Zigarette anzuzünden. Das Stadion war voll, obgleich es sich nur um ein Freundschaftsspiel handelte. Hinter dem Tor auf der rechten Spielfeldhälfte wogten und schwankten, von willigen, aber unsicheren Armen hochgehalten, die blauen Fahnen Schottlands.

In der VIP-Loge befanden sich, bis auf Lydia und Jelena, nur Männer. Lydia saß zwischen dem Botschafter und Krasin, auf Krasins anderer Seite saß Jelena. Lydias schönes Gesicht umrahmte ein Silberfuchspelz, in der Kälte war ihre Haut rosig angehaucht und die Sterne spiegelten sich in ihren Augen. Zur Halbzeit stand das Spiel noch null zu null. Lydia hatte den Wunsch geäußert, die Gastmannschaft kennenzulernen. Krasin und dem Botschafter gelang es, sie bis zum Spielende zu vertrösten. Als der Schlußpfiff ertönte, hatte die Moskauer Mannschaft zwei Tore geschossen. Die Zuschauer waren auf ihre Kosten gekommen. Der Botschafter sah, wie die Polizei einige seiner Landsleute verhaftete, die mit wehenden Schals, Flaschen in der Hand, aufs Spielfeld gelaufen waren.

Der Präsident der Schottischen Fußballvereinigung begleitete Hoult und die Uspenskaja in die Garderoben. Umgeben von Dampf und dem Geruch nach Schweiß und Massageöl schüttelten sie den Spielern die Hand, und Lydia Uspenskaja hatte trotz ihrer ausgezeichneten Englischkenntnisse kaum ein Wort verstanden. Draußen wurden sie von Krasin, Jelena und einem Uniformierten erwartet. Der stellvertretende Moskauer Polizeichef meinte, daß man vielleicht darauf verzichte, die schottischen Schlachtenbummler einzusperren, wenn der Botschafter bereit wäre, ihnen ein paar deutliche Worte zu sagen.

Die große Zelle war auf der anderen Seite des Stadions. Der Krach, den die Ranger-Fans veranstalteten, war beträchtlich. Auf dem Gang roch es nach Erbrochenem. Sir James gab den Mädchen einen Wink, mit Krasin vor der Tür zu warten. Aber Krasin tat, als habe er ihn nicht bemerkt. Sie standen direkt hinter dem Schotten, als er seinen Landsleuten gegenübertrat. Sie wußten, was ein Russe in so einem Fall getan hätte, und waren gespannt auf Houltons Reaktion.

Er blieb ruhig in der Tür stehen, und es wurde langsam still im Raum. Er musterte die Gesichter. Wie gut er sie kannte... Die Männer der Black Watch, der Highland Light Infantry, sie alle hatten solche Gesichter gehabt. Als niemand mehr sprach, begann er:

»Guten Abend miteinander. Ich heiße Hoult, Jamie Hoult. Ich bin euer Botschafter hier in Moskau und freue mich, euch alle zu sehen. Es war ein tolles Spiel und ein faires Ergebnis. Es ist schön, daß ihr die lange Reise nicht gescheut habt, und ich wünsche euch allen eine gute Heimkehr. Schotten sind heute abend ein bißchen dünn gesät hier. Um so wichtiger ist es, daß ihr euch anständig benehmt.« Er machte eine halbe Drehung zur Tür, dann wandte er sich noch einmal um.

> Kämpft der Mann und wird nicht trunken,
> kämpft und läßt sich nicht erschlagen,
> küßt der Mann ein schönes Mädchen,
> darf er stets zurück sich wagen.«

Einen Augenblick blieb es still, dann erhob sich donnernder Beifall, und der kleine, korrekte Sir James ging reihum und schüttelte den rauhen Burschen die Hand.

Die Russen hatten nur halb verstanden, was sich hier abgespielt hatte. Aber soviel hatten sie begriffen: Hier war ein Profi am Werk gewesen.

Zu viert waren sie dann zu einer kleinen Feier in Krasins Wohnung gezogen. Seine Exzellenz hatte einen Toast auf den Sieg der Dynamo-Mannschaft ausgebracht. Es war Jelena gewesen, die die peinliche Frage stellte:

»Betrinken sich alle Schotten so?«

Der Botschafter stellte das Glas ab und sah das Mädchen an. Er dachte einen Augenblick nach, dann sagte er mit leicht schräggelegtem Kopf, als horche er auf etwas nur ihm Vernehmliches: »Wer für einen Hungerlohn schuften muß, wer weder richtig lesen noch schreiben kann, wer in menschenunwürdigen Verhältnissen lebt, der trinkt – oder zettelt eine Revolution an.« Er lächelte ein wenig. »Und wer von uns würde es wagen zu entscheiden, welches die bessere Lösung ist...«

Krasin brach das Schweigen.

»War das, was Sie vorhin zitierten, ein Gedicht?«
Hoult nickte. »Ja. Ein Gedicht von Robert Burns, den Sie in Moskau so verehren.«
»Erzählen Sie uns von ihm«, bat Lydia lächelnd, und er kam ihrer Bitte gern nach.
Zwei Stunden waren vergangen, als sie nach dem Botschaftswagen telefonierten. Seine Exzellenz setzte Lydia Uspenskaja vor der Tür ihres Wohnblocks ab.

In der nächsten Woche machte sich Lydia auf Krasins Geheiß in der diplomatischen Szene ein bißchen rar. Dafür besorgte er Adèle Hoult eine persönliche Einladung Gromykos und seiner Frau zu einer Sondervorstellung im Bolschoi-Theater, während ihr Mann auf zwei Tage mit dem Marineattaché nach Leningrad geflogen war.
Krasin fuhr Mrs. Hoult höchstpersönlich zur Botschaft zurück, und sie sprachen bis zum frühen Morgen über Musik. Natürlich wußte er, daß auch ein kleiner Flirt hier und da zum diplomatischen Rüstzeug einer Botschaftersgattin gehört. Aber er registrierte, daß sie ihm aufmerksam zuhörte und in ihre Gastgeberinnenrolle einen Hauch persönliche Wärme einfließen ließ.
In der nächsten Woche wurde für die Damen der französischen und britischen Botschaft eine Bootsfahrt arrangiert, bei der Krasin charmant und zweisprachig den Gastgeber spielte. Auch Gastgeschenke gab es, hohe, silbergefaßte Trinkgläser mit Gravur, sorgsam in Seidenpapier eingewickelt und mit rosa Bändchen verschnürt.
Als Adèle Hoult abends ihr Päckchen auswickelte, lächelte sie über die Inschrift. »Belle dame – bel jour. Moscou.«

Für die folgende Woche war eine kleine Feier in Leningrad geplant. Das Eremitage-Museum hatte der Royal Academy in London sechs französische Impressionisten als Leihgabe zur Verfügung gestellt, und der Direktor hatte den britischen Botschafter eingeladen, vor der Abnahme der Gemälde die Galerie zu besichtigen, mit den Kuratoren des Museums Tee zu trinken und ein Fernsehinterview zu geben.
Ausnahmsweise waren unter den Teilnehmern keine bekannten Gesichter, sondern nur Fremde. Aber als die Förmlichkeiten fast vorbei waren, rückte das Fernsehteam mit Scheinwerfern und Geräten an, und am Ende der großen Halle erschien Lydia Uspenskaja, umgeben von einer Gruppe junger Männer, ein Klemmbrett mit Notizen in der Hand. Der Bot-

schafter spürte, wie sich seine Spannung löste, als er ihr bezauberndes Lächeln sah. Er war wieder unter Freunden. Sie brachte ihn dazu, ganz unbefangen über sich und sein Leben in Moskau zu sprechen. Als die Scheinwerfer erloschen, wurde ihm klar, daß ihm zum ersten Mal im Leben ein Fernsehinterview richtig Spaß gemacht hatte.

Sie waren zusammen nach Moskau zurückgefahren, und es war Mitternacht, als sie vor ihrer Wohnung hielten.

Krasin hatte den Anruf entgegengenommen, ohne Fragen zu stellen. Er wußte, Lydia würde ihm sobald wie möglich persönlich Bericht erstatten. Eine halbe Stunde später war sie da. Er bot ihr einen bequemen Sessel an und goß ihr einen Drink ein.

»Wie ich höre, hast du heute deine Sache gut gemacht«, meinte er mit belustigtem Lächeln.
»Soll das heißen, daß du mich ständig beobachten läßt?«
»Natürlich.«
»Ich habe nichts gemerkt.«
Er lachte. »Das wäre auch schlimm, mein Schatz. Und jetzt erzähle!«
»Aber du weißt doch sicher schon alles. Hat man dir nicht die Bänder vorgespielt?«
»Ich möchte es von dir hören.«
»Sehr viel gibt es nicht zu erzählen, Viktor. Ein paar Küsse, eine zärtliche Hand...«
»Weiter!«
»Dein Plan hat gut geklappt. Er hat sich, glaube ich, wirklich gefreut, als er mich in Leningrad sah. Es war sonst kein Bekannter von ihm da. Er ist mit mir zum Essen ins Metropol gegangen. Wir sind im Lenin-Park herumgeschlendert, und hinterher sind wir ins Kino gegangen. Es gab einen Breitwandfilm. Unter dem einfachen Volk schien er sich sehr wohl zu fühlen. Er selbst ist ein einfacher Mann geblieben hinter der Diplomatenfassade. Dann hat er mich in seinem Dienstwagen nach Moskau mitgenommen, und ich habe ihn zum Kaffee in meine Wohnung gebeten. Ja, das war's eigentlich schon.«
»Wie hast du ihn in Gang gebracht?«
»Eigentlich brauchte ich überhaupt nichts zu tun. Oder – vielleicht doch... Ich fragte ihn nach dem schottischen Dichter, den er neulich zitiert hat. Er hat ein paar von seinen Gedichten für mich gesprochen. Zuletzt eins, das sehr hübsch war und von einer roten Rose handelte. Dann hat er mich geküßt. Und so weiter.«

»Wo geschah das?«
»Im Wohnzimmer.«
»Wo genau?«
Sie seufzte ein bißchen. »Ich hatte mich an die Tür gelehnt.«
»Und er?«
»Er hatte sich an mich gelehnt.«
»War er erregt?«
»Ja.«
»Und wie ging es weiter?«
»Er hat mich angefaßt.«
»Deine Brüste?«
»Nein, nicht meine Brüste. Ist das so wichtig, Viktor? Er begehrte mich, willst du dich nicht damit zufriedengeben?«
»Hast du ihn ermutigt?«
»Ich habe ihn weder ermutigt noch entmutigt. Ich habe es einfach geschehen lassen.«
»Und – war er zufrieden?«
Sie sah ihn ein wenig ungeduldig an. »Ja. Ich habe ihn auch angefaßt.«
»Was hat er getrunken?«
»In der Eremitage nur Tee, und zum Essen etwa zwei Glas Wein.«
»Habt ihr euch wieder verabredet?«
»Nein. Aber er ruft mich morgen an.«

Am nächsten Tag ließ Krasin die Bänder ablaufen und sah sich den Film an. Lydias Schilderung war korrekt gewesen. Nach seinen früheren Erfahrungen rechnete er damit, daß sich die Geschichte wie geplant weiterentwickeln würde.
Am späten Vormittag rief er bei Lydia an.
»Hat er sich schon gemeldet?«
»Nein.«
»Am Telefon wird er wahrscheinlich sehr vorsichtig sein. Er weiß, worum es geht. Du mußt ganz cool bleiben. Geh auf seine Vorschläge ein. Für den Fall, daß wir uns vor eurem Treffen nicht mehr sprechen können, Lydia: Sieh zu, daß du ihn ins Schlafzimmer bekommst. Im Wohnzimmer ist es zu dunkel. Und beim nächsten Mal muß er sich voll engagieren. Verstanden?«
»Verstanden, Viktor.« Sie legte auf.
Am Abend hörte sich Krasin im Kontrollraum an, wie Sir James Hoult mit Lydia Uspenskaja telefonierte.
Sie war schon fast zehn Minuten im Freilicht-Puppentheater, ehe er sich zu ihr setzte. Der Ismailow-Park erstreckt sich

über eine Fläche von fast dreitausend Morgen und ist von Kiefernwäldchen durchzogen. Es war vier, als sie das Café verließen, und die Schatten auf dem federnden Rasen waren schon lang und schwarz.

Als sie das Kiefernwäldchen betraten, hielt Krasin das Überwachungsteam zurück. Es wäre zu auffällig gewesen, wenn sie das Pärchen weiter verfolgt hätten. Er war nicht einmal unzufrieden mit dieser Entwicklung. Ihr Mann war vorsichtig. Er begehrte das Mädchen, aber er dachte nicht daran, deswegen eine Dummheit zu machen.

Später trat Hoult allein aus dem Gehölz. Es war fast dunkel. Gemächlich schlenderte er zu dem Parktor am Narodny Prospekt. Krasin rief Lydia an, sobald sein Team ihm berichtet hatte, daß sie wieder in ihrer Wohnung war.

»Schieß los, Lydia!«
»Er ist voll engagiert.«
»Was ist geschehen?«
»Er hat mich gehabt, das ist alles.«
»Irgendwas Außergewöhnliches?«
»Nichts. Typische Moskauer Routine. Ich erzählte ihm, der Park habe einst den Romanows gehört. Eine schöne, romantische Geschichte. Er hörte sich das höflich an, war aber offenbar nicht deswegen gekommen. Ich habe die Zeit nicht gestoppt, aber ich würde sagen, daß es ungefähr drei Minuten gedauert hat.«

Krasin lachte leise. »Sonst noch etwas? Irgendwelche neuen Erkenntnisse?«

»Meiner Meinung nach ist er einsam. Das gesellschaftliche Leben läßt ihn kalt, er verachtet die Empfänge, die höfliche Konversation, das Partykarussell. Ich glaube, daß er so leicht niemanden in sich hineinsehen läßt. Er hat offensichtlich Spaß am Sex mit mir und möchte gern noch mehr davon, aber in gewisser Weise habe ich den Eindruck, daß diese Affäre fast so etwas wie eine Rache an seiner Frau ist, weil sie den gesellschaftlichen Rummel mag.«

»Wann trefft ihr euch wieder?«
»Übermorgen. Madame fliegt für drei Tage zu ihrer Mutter nach Paris.«
»Und wo?«
»Um neun in der Lenin-Bibliothek, in der Abteilung für alte Manuskripte. Nach einer Cocktailparty in der Ägyptischen Botschaft. Wahrscheinlich kommt er danach mit zu mir.«

Diese Nacht bescherte dem KGB das benötigte Beweismaterial. Am nächsten Morgen trommelte Krasin alle Beteiligten zu einer Sitzung zusammen und gab einen Lagebericht.

Solowjew nickte ihm anerkennend zu und lehnte sich vor, die Ellbogen auf den Tisch gestützt.

»Wegen der langfristigen Bedeutung dieser Operation sind wir angewiesen worden, auf das übliche Programm zu verzichten. Wir werden den eifersüchtigen Ehemann produzieren und Hoult hierher zum Dsershinsky-Platz bringen lassen. Ich werde mit ihm sprechen. Wir werden auf jeden Druck verzichten, werden uns ganz auf seine Seite stellen. Von Drohungen, von einem Kuhhandel wird nicht einmal andeutungsweise die Rede sein. Wir werden ihn ganz einfach wieder laufenlassen. Alles wird seinen gewohnten Gang gehen, und wir werden dafür sorgen, daß er für den Rest seiner Amtszeit mit ausgesuchter Höflichkeit behandelt wird. Soweit alles klar?«

Die anderen nickten, und Solowjew fuhr fort:

»Den Retter in der Not wirst du spielen, Viktor. Wir lassen die Affäre noch etwa sechs Wochen weiterlaufen, dann schlagen wir zu. Wie ich höre, kennst du den Ehemann des Mädchens. Am besten bereitest du die Konfrontation schon langsam vor. Keine Gewaltanwendung, nur Verbalinjurien, so daß wir eine strafbare Handlung daraus konstruieren können. In sechs Wochen, so um Neujahr herum, läßt du dir grünes Licht von mir geben.«

»In Ordnung. Kann ich die Personalakte des Ehemannes haben?«

Solowjew klingelte und ließ sich die Akte bringen. Krasin vertiefte sich eine Stunde lang in die Unterlagen.

Drei Wochen lang gehörten ein halbes Dutzend hübscher Mädchen und zwei junge KGB-Hauptleute zu dem Kreis um Krasin, Lydia und Jelena. Sie tauchten bei Theaterpartys und diplomatischen Empfängen auf und wurden allmählich dem britischen Botschafterehepaar vertraut.

Einmal in der Woche traf sich der Botschafter mit Lydia, und Krasin saß oft, nachdem alle anderen Gäste fort waren, noch allein mit Madame im Salon, ohne daß es allerdings zu Intimitäten kam.

Manchmal begaben sich die Hoults mit Krasin, Lydia und Jelena auf kleine Erkundungsfahrten, die normalerweise Diplomaten nicht möglich waren. Adèle genoß es besonders, beim Film, Ballett oder im Funk hinter die Kulissen zu sehen. Häufig saßen sie zu viert im Kontrollraum, wenn Krasin oder Lydia in Funk oder Fernsehen zu hören und zu sehen waren.

Bald bestand eine stillschweigende Übereinkunft, daß der kleine Kreis keine besonderen Einladungen brauchte, und Krasin zeigte sich allen drei Damen gegenüber gleich liebenswürdig. Sir James hielt es ganz ähnlich.

In der Woche vor dem für die Konfrontation festgesetzten Zeitpunkt flog Krasin nach Warschau, um Lydias Mann zu informieren, der zu den Leitern der Krakauer Filmschule gehörte.

Sie trafen sich in der KGB-Ausbildungsstätte am Rande der Stadt, und der Jüngere hörte sich mit leicht amüsiertem Gesicht an, was Krasin ihm zu sagen hatte. Lydia und er gingen seit über zwei Jahren getrennte Wege. Daß sie andere Männer hatte, war für ihn selbstverständlich. Nikolai Glasunow war ein gut aussehender Mann, dem es an hübschen Mädchen nie fehlte. Daß ausgerechnet er die traditionelle Rolle des gehörnten Ehemannes spielen sollte, belustigte ihn.

Er saß auf dem Tisch und baumelte mit den langen Beinen. Nach einer Weile unterbrach er Krasin: »Zusammenzuschlagen brauche ich ihn doch hoffentlich nicht? Dabei würde ich mir wirklich lächerlich vorkommen.«

»Natürlich nicht. Aber du mußt in Wut geraten. Und du mußt mit der Polizei drohen.«

»Wer ist denn der Glückliche?«

»Der britische Botschafter.«

Glasunow zuckte gleichmütig die Schultern. »Und wie heißt der Mann?«

»Sir James Hoult.«

Die langen Beine hörten plötzlich auf zu baumeln. Glasunow rutschte vom Tisch herunter und starrte Krasin an. »Hast du den Verstand verloren, Viktor? Ich kenne den Mann – und seine Frau auch. Es sind gebildete Leute, diesen Trick durchschaut er doch sofort. Er weiß, wie es um unsere Ehe steht.«

Krasin überlief es eiskalt, aber in seinem Gesicht rührte sich nichts.

»Ich war Kulturattaché in Paris, als ich ihn kennenlernte«, fuhr Glasunow fort. »Damals war er noch Direktor in einer Bank, die eine Zweigstelle in Paris hat. Adèle und ihre Eltern kenne ich schon seit Jahren. Ich bin in Paris auf die Kunstakademie gegangen.«

»Wie gut kennst du die beiden?«

»Wir waren jahrelang befreundet, haben regelmäßig Briefe gewechselt. Und James Hoult schläft mit Lydia, sagst du? Das ist ja nicht zu glauben.«

»Wieso sagst du das?«

»Tja, wie soll ich das erklären... Lydia ist bildschön, aber sie ist hart, spröde. Ein bißchen wie Adèle. Doch das ist vielleicht des Rätsels Lösung: Lydia ist einfach eine jüngere Ausgabe seiner Frau. Ich habe mich oft gefragt, wie das wohl zwischen den beiden funktioniert hat.«

»Wie meinst du das?«

Glasunow fuhr sich mit den Fingern durch das dichte blonde Haar und preßte nachdenklich die Lippen zusammen.

»Hoult ist ein eigenartiger Mensch, sehr introvertiert. Adèle besitzt eine natürliche Heiterkeit, die ihm völlig abgeht. Den ganzen gesellschaftlichen Rummel hat er immer nur ihretwegen mitgemacht. Viel Sex ist bei ihm nicht drin, würde ich sagen, oder höchstens eine Neigung zu Perversitäten, Sadismus, Masochismus, so in der Richtung. Ich staune, daß er mit Lydia geschlafen hat. Möglich, daß ihn Adèles Dominanz erbost und er sich deshalb an Lydia schadlos hält. Du solltest einen eurer Seelenheinis auf ihn ansetzen.«

»Dazu ist es zu spät, Niko.«

»Warum habt ihr nicht gleich mit mir geredet?«

»Das ist mir jetzt selbst ein Rätsel. Es wäre das Naheliegendste gewesen.«

»Sucht ihm doch ein anderes Mädchen.«

»Wir haben nicht mehr genug Zeit. Um ihn später in London unter Druck setzen zu können, müssen wir hieb- und stichfeste Beweise haben.«

Domodjedowo ist wahrscheinlich der größte Flughafen der Welt. Er liegt 45 km südwestlich von Moskau an der Kashirastraße. Der Hubschrauber setzte Krasin auf einem der Landeplätze der Roten Armee ab, und er ging zum Empfangsgebäude.

Dort saß er lange, einen Whisky vor sich, und starrte mit leerem Blick über die dunkle Rollbahn. Die großen, schnellen Jets starteten zu den entferntesten Teilen der Sowjetunion. Bauernfamilien saßen, umgeben von ihren Flechtkörben und Pappkoffern, in Grüppchen beieinander. Hohe Ministerialbeamte standen fachsimpelnd zusammen. Krasin spürte, wie Neid in ihm aufstieg – ein Gefühl, das ihm sonst fremd war. Er hätte viel darum gegeben, mit den Bauern oder den Bürokraten tauschen zu können. Eine KGB-Operation der höchsten Dringlichkeitsstufe war an einem einzigen Nachmittag in Scherben gegangen. Glasunow konnte ungerührt und wahrscheinlich belustigt über die Pleite wieder an seine Arbeit gehen. Ein dummer Zufall hatte die monatelangen Mühen Krasins und seiner

Mitarbeiter zunichte gemacht. Und es ging ja nicht nur darum, daß Zeit und Geld nutzlos vertan worden waren. Die Operation war unwiederholbar.

Fröstelnd schlug er den Mantelkragen hoch und ging zu einer Telefonzelle. Er rief Lydia an. Sie sollte Jelena bitten, sich bereitzuhalten, heute abend mit ihm aufs Land zu fahren. Morgen früh, wenn er Zeit gehabt hatte, mit der Katastrophe fertig zu werden und sich seine Verteidigungstaktik zurechtzulegen, würde er sich seinen Richtern stellen.

Krasin, noch im Mantel, hockte, einen großen Wodka vor sich, in einem Sessel in Lydias kleinem Wohnzimmer, die beiden Mädchen saßen ihm gegenüber auf der Couch. Seit fast einer Stunde versuchten sie, ihn aufzuheitern, ohne den Grund für seine Niedergeschlagenheit zu kennen. Sie glaubten, es handelte sich um eine jener Depressionen, die alle kreativen Menschen gelegentlich überfallen. Schließlich gab er sich einen Ruck, stand auf und zog den Mantel aus.

Vielleicht war es wirklich besser, sich auszusprechen. Er erzählte ihnen von seiner Unterhaltung mit Glasunow, die das Ende der so sorgfältig geplanten KGB-Operation bedeutete.

»Kannst du nicht mit einem anderen Mädchen einen neuen Anfang machen, Viktor?« fragte Lydia.

»Dazu reicht die Zeit nicht. Die Beziehung muß so eng sein, daß man auch später etwas damit anfangen kann.«

»Wieviel Zeit ist denn noch? Wann reist er ab?«

»In sechs oder sieben Wochen, ganz genau weiß ich es nicht. Hat er zu dir etwas gesagt?«

»Nein. Er ist nicht sehr gesprächig.«

»Nicht einmal im Bett?«

Sie schüttelte den Kopf. »Am wenigsten im Bett. Er nimmt mich, und damit hat sich's. In dieser Beziehung ist er sehr russisch.«

Und dann ließ Jelena die Bombe platzen. Sie beugte sich eifrig zu Krasin vor. »Wie wäre es denn mit mir, Viktor?«

Er tätschelte lächelnd ihr Knie.

»Wir haben nicht mehr genug Zeit, Kleines. Sonst würdest du deine Sache bestimmt sehr gut machen.«

»Aber er mag mich.«

Krasin nickte. »Sicher, jeder mag dich. Du bist ja auch sehr süß.«

»Aber nicht jeder sagt zu mir, daß er mich begehrt.«

Krasin gab es einen Ruck.

»Sag mal, wovon redest du da eigentlich?«

Sie zuckte die Schultern. »Ich sag bloß, daß er mich mag. Daß er mit mir zusammen sein will.«
Er richtete sich langsam auf. »Wie kommst du darauf?«
»Er hat es mir gesagt.«
»Was hat er genau zu dir gesagt, Jelena?
Sie runzelte die Stirn und machte eine ungeduldige Handbewegung. »Er hat sich öfter mal mit mir unterhalten. Er mag mich. Und mein Körper gefällt ihm.«
Krasins Stimme war beherrscht, aber Lydia Uspenskaja hörte die Unruhe heraus. »Wann hat er zum ersten Mal mit dir gesprochen?«
»Als wir alle in diesem polnischen Restaurant auf dem Oktoberplatz waren.«
»Du meinst das *Warshawa?*«
»Ja, richtig, so hieß es.«
»War das an dem Abend, als du dich betrunken hattest?«
»Ja. Du hast mit Lydia getanzt, und seine Frau war zu den Leuten von der polnischen Botschaft herübergegangen. Da hat er gesagt, daß er sich am liebsten auch betrinken würde. Er hat keinen Spaß an diesem Leben, hat er erzählt. Und dann hat er mich gefragt, ob ich mich mit ihm treffen würde.«
»Weiter.«
»Ja, und dann haben wir uns ein paarmal getroffen. Er hat mir auch schon Geschenke mitgebracht.«
Krasin warf Lydia einen Blick zu, aber ihr schönes Gesicht war ausdruckslos.
»Wo habt ihr euch getroffen?«
»Manchmal sind wir zu mir nach Hause gefahren. Zweimal habe ich mich mit ihm in Leningrad getroffen. Die Botschaft dort hat eine Datscha.«
»Was für Geschenke hat er dir mitgebracht?«
»Blumen, Bücher, Geld und so weiter.«
Sie öffnete den vorderen Reißverschluß ihres Kleides. Um den Hals hatte sie eine dünne goldene Kette, an der zwischen ihren Brüsten ein blanker goldener Sovereign hing. Lydia brach das Schweigen.
»Ich denke, du hast ihn observieren lassen, Viktor?«
Er schüttelte den Kopf. »Seit Beginn der Aktion sind die Beschatter abgezogen worden, damit er keinen Verdacht schöpft. Nur seine Kontakte mit dir wurden observiert.«
»Ich habe den Eindruck, daß Jelena das Unternehmen noch retten könnte.«
»Den Eindruck habe ich auch, mein Schatz.«
Jelena strahlte, und auch Krasin schien wieder Mut zu fas-

sen. Er stand auf.

»Haben wir Whisky, Lydia?«

»Leider nein, Viktor. Der Botschafter bringt manchmal welchen mit, aber er langt selbst auch ganz schön zu.«

Krasin sah zu Jelena hinüber. »Wie findet deine Mutter den Botschafter?«

»Schrecklich nett. Er nimmt seinen Schlips ab und setzt sich zu ihr und trinkt Tee, und ich muß die Unterhaltung zwischen den beiden dolmetschen.«

»Hast du mit ihm geschlafen?«

»Nein.«

»Warum nicht?«

Sie zuckte die Achseln und machte eine für sie typische Handbewegung. »Ich dachte, er gehört Lydia.«

Er nickte. »Du übernachtest am besten heute bei Lydia. Ich schreibe dir eine Genehmigung aus und melde mich morgen bei dir.«

Er kritzelte ein paar Zeilen auf das Vorsatzblatt eines Buches, riß es heraus und setzte seine Unterschrift darunter.

Langsam ging er durch die leeren Straßen heim. Sein Gesicht war naß von Tränen. Er wußte jetzt, daß er Jelena gern hatte, aber er wußte auch, daß es zu spät war. Er hatte sie schon verloren. Die Unterhaltung in Lydias Zimmer war in der vom KGB gemieteten Nachbarwohnung auf Band genommen worden.

Solowjew hörte sich in frostigem Schweigen an, was Krasin zu sagen hatte. Offensichtlich war er bereits vorab durch das Observierungsteam informiert worden.

»Es ist unverzeihlich, Krasin, daß sich niemand genauer mit dem Privatleben der Uspenskaja befaßt hat. Ganz und gar unverzeihlich. Daß das Unternehmen noch nicht geplatzt ist, haben wir nur einem Zufall zu verdanken. Sie kennen diese Jelena gut?«

»Ja, Genosse. Wir sind seit fast zwei Jahren gute Freunde.«

»Sehen Sie Probleme?«

»Leider ja.«

Solowjew hob gereizt den Kopf. »Wollen Sie sich nicht ein bißchen deutlicher ausdrücken?«

»Kennen Sie das Mädchen, Genosse?«

»Nein.«

»Sie ist gerade zwanzig geworden. Sehr hübsch. Sehr verantwortungslos.«

»In welcher Beziehung?«

»Sie trinkt zuviel, und mit dem Wort Autorität kann sie nicht viel anfangen. Sie ist ein Bauernmädchen. Gesetze, Vorschriften, Ordnung und dergleichen bedeuten ihr wenig.«
»Dann muß sie eben lernen, was Disziplin ist.«
»Davor warne ich, Genosse Oberst. Damit könnten wir auch noch den Rest unserer Aktion aufs Spiel setzen. Als wir überlegten, für welchen Mädchentyp er sich entscheiden würde, sagten wir, daß es entweder eine jüngere Ausgabe seiner Frau oder ein völlig entgegengesetzter Typ sein müßte. Damals war ich der Meinung, daß wir mit einem Mädchen, das seiner Frau möglichst ähnlich ist, wahrscheinlich am meisten Erfolg haben würden. Ich gebe gern zu, daß ich mich geirrt habe. Er will Jelena.«

Solowjew schien wenig beeindruckt. Er musterte Krasin scharf, verschränkte die Hände hinter dem Kopf und lehnte sich zurück.

»Das müssen Sie mir schon ein bißchen näher erklären, mein Freund.«
»Alle, die den Botschafter kennen, sind sich darüber einig, daß er ein introvertierter Einzelgänger ist, den der gesellschaftliche Trubel anödet. Andererseits haben wir gesehen, wie gut er mit den Schlachtenbummlern im Dynamo-Stadion fertiggeworden ist. Für solche Menschen hat er Verständnis. Er hat Verständnis für Bauern, weil er unter dem Diplomatenlack vielleicht selber einer ist. Ein sehr schlauer Bauer, aber trotzdem... Er hat sich für Lydia interessiert, hat mit ihr geschlafen. Sex spielt also für ihn durchaus noch eine Rolle. Aber bei Jelena scheint darüber hinaus so etwas wie ein echtes Gefühl im Spiel zu sein. Er besucht sie daheim, bringt ihr Geschenke mit. Er fühlt sich zweifellos zu ihr hingezogen.«
»Warum, zum Teufel, hat sie Ihnen das nicht schon längst erzählt?«
»Warum sollte sie? Ich hatte sie nicht in unseren Plan eingeweiht. Sie war bisher lediglich Kulisse und hat wohl seinem Interesse keine Bedeutung beigemessen.«

Solowjew stand seufzend auf. »Zunächst muß das Präsidium informiert werden. Wenn Sie nicht eine so gute Nummer bei uns hätten, Krasin, wären Sie heute schon in der Provinz. Ich warne Sie: Ein falscher Schritt – und Sie können irgendwo in Sibirien versauern.«

Krasin hatte Mühe, seinen Ärger zu unterdrücken, während er Jelena seine Anweisungen gab. Es war, als rede er gegen eine Wand. Ihr Interesse war nur wachgeworden, als er ihr gesagt hatte, er habe ihr eine kleine Wohnung in Moskau gemietet. Für den Fall, daß die Operation mit Erfolg durchgezogen werden konnte, hatte er ihr eine ständige Aufenthaltsgenehmigung versprochen.

Sie schien kaum zuzuhören. Allerdings stellte sich heraus, wenn er sich die eine oder andere Instruktion wiederholen ließ, daß ihr kaum etwas entgangen war.

Sie saß in seinem Zimmer und sah ihn an wie eine brave Schülerin. Aber die Aufgabe, einer Sonnenblume aus Papier die Blütenblätter auszuzupfen und sie ordentlich nebeneinander auf die Sessellehne zu legen, schien ihr wichtiger zu sein als seine Worte. Das Licht, das durch das Fenster fiel, umfloß das blonde Haar wie ein Heiligenschein. Als sie spürte, daß sein Blick auf ihren Brüsten ruhte, lächelte sie nachsichtig. Sie wußten beide, daß ihr Körper nicht mehr für ihn da sein durfte. Sie war jetzt etwas Besonderes, ein Mädchen mit einer KGB-Nummer und der vermutlich dünnsten Personalakte im ganzen Dienst.

In einer kurzen Notiz auf Seite 7 der *Prawda* war nachzulesen, daß Lydia Uspenskaja wegen hepatitisartiger Leberbeschwerden in eine Klinik am Schwarzen Meer geflogen worden war. Um etwaige Zweifler zu überzeugen, wurde sie in der sonst von ihr moderierten Fernsehsendung gezeigt, wie sie matt, aber tapfer von einer Trage, die gerade in ein Sanitätsflugzeug gehoben wurde, den Zuschauern zuwinkte. Die Kamera fuhr dicht an ihr schönes Gesicht heran und hielt die Maschine bis zum Start im Bild fest. Nach 20 Kilometern landete das Flugzeug auf dem Militärflughafen Schelkovo.

Krasin hatte den Plan immer wieder mit Jelena durchgesprochen. Er hätte schwören können, daß sie überhaupt nicht zuhörte, aber als er sie abfragte, hatte sie sämtliche Antworten fehlerlos parat. Und dann gab es plötzlich nichts mehr zu sagen.

Sie trug dasselbe gelbe Kleid mit der weißen Borte wie damals am Feldrain, und er sah, daß sie lächelte. Sie wußte, was er dachte.

Jelena stand an der Ecke Karl-Marx-Boulevard und Puschkin-Straße und wartete auf eine Lücke im Verkehr. Die grüne Tünche des Dom Sojusa hinter ihr schimmerte feucht an den Stellen, wo der Rauhreif in der Herbstsonne geschmolzen war. Sie ging durch die Unterführung unter der Gorkistraße zur Herzenstraße. Eine halbe Stunde später betrat sie die Wohnung in der kleinen Straße, die vom Puschkinplatz abging.

Sie legte den Schlüssel auf den einfachen Holztisch und sah sich um. Es war eine altmodische Wohnung, in der braune Farben dominierten. Aber die Möbel waren solide und wirkten bequem. Im Schlafzimmer waren die alten Gasrohre an der Wand belassen worden. Wahrscheinlich waren dort die Mikrophone und Kameras untergebracht, die in den nächsten Wochen ihr Leben aufzeichnen würden.

Krasin hatte ihr KGB-Coupons zum Einkauf in den Berjoska-Läden gegeben, und sie hatte schon ein paar Sachen erstanden. Sie packte die Tüten mit dem hübschen Silberbirkenaufdruck aus und setzte sich aufs Bett, umgeben von Röcken und Pullovern, zwei Kleidern und Coupons.

Sie würde mit der üblichen Clique am Empfang des Außenministers für die beiden sowjetischen Nobelpreisträger teilnehmen. Gromyko würde da sein und auch der britische Botschafter. Madame war erkältet und lag im Bett.

Es war acht Uhr, als der Wagen Krasin und Jelena am Borowitski-Turm absetzte. Sie gingen an der Rüstkammer entlang über den Hof und durch das kleine Tor in dem schmiedeeisernen Gitter. Der große Kremlpalast war hell erleuchtet. Soldaten öffneten die Fahrzeuge der Diplomaten, die Fahrer wurden auf den Hauptparkplatz eingewiesen.

Krasin und Jelena gingen langsam die Freitreppe zum ersten Stock hinauf, wo sich die Gäste zum Empfang aufreihten. In dem großen Saal waren die sechs berühmten vergoldeten Kronleuchter angezündet worden, und auf dem langen Tisch in der Mitte standen Fotos der Preisträger und der Forschungsstation im Ural, wo sie ihre Arbeit vollendet hatten. Die Preise waren willkommener Balsam für die sowjetische Landwirtschaft nach der Lysenko-Katastrophe, und die schwedische Botschaft wurde entsprechend hofiert. Der neue Hybridweizen für kalte Klimazonen sollte in Erinnerung an den Preis Svenska Nobel 193 genannt werden.

Jelena entdeckte den Botschafter in einer Gruppe von Kanadiern, und er winkte ihr und Krasin zu. Erst eine Stunde später fand er Zeit, kurz mit ihr zu sprechen. Sie sah, wie er, an den Spiegeltüren stehend, die zur Wladimir-Halle führten, unauffällig, aber aufmerksam die Gesichter der Gäste musterte, offenbar auf der Suche nach ihr. Sie konnte ihm nur schnell ihre neue Adresse und ihre Telefonnummer geben. Wenig später brachte Krasin sie heim.

Eine halbe Stunde später verließ auch der Botschafter den Empfang.

3

Er stand auf der obersten Stufe der kleinen Vortreppe und hatte die Finger leicht auf den weißen Klingelknopf aus Porzellan gelegt. Aber dann ließ er die Hand langsam wieder sinken und wandte sich um. Auf der Straße herrschte noch ziemlich viel Verkehr, und die Reifen rollten mit einem schleifenden Geräusch über die nasse Straße. Eine Gruppe Halbwüchsiger kam vorbei, sie brüllten irgend etwas, als sie ihn sahen. Ein Jumbo-Jet flog mit blinkenden Positionslichtern über die Stadt in Richtung Scheremetjewo, und nachdem er vorbei war, ließ ein Schlepper auf dem Fluß sein klagendes Signal ertönen. Der Wind spielte in Hoults Haar, und er spürte den Nieselregen auf seinem Gesicht. Es war wie in Glasgow am Sonntagabend, wenn die Menge sich verlaufen hatte. Aber sie waren nicht in Glasgow, sie waren in Moskau. Und irgendwo in diesem roten Backsteinbau wartete das Mädchen auf ihn. Wenn er den weißen Klingelknopf drückte, veränderte er damit das Leben vieler Menschen. Noch war er nicht gebunden. Er hatte sich nur gelegentlich mit ihr unterhalten, hatte ihr ein paar Kleinigkeiten geschenkt. Sie mußte gespürt haben, daß er sie begehrte – ebenso wie er spürte, daß sie bereit war, sich ihm zu geben. Aber sie hatten nie von Lust oder Liebe, nicht einmal von Zuneigung gesprochen. Er sah zu dem dunkelblauen Himmel auf, seufzte ein wenig und klingelte.

Er blieb, noch immer mit hochgeschlagenem Mantelkragen, die Hände tief in den Taschen vergraben, mitten im Zimmer stehen und sah Jelena an, die ihn lächelnd betrachtete. Das dichte blonde Haar hing ihr bis zu den Schultern, das kalte Licht der nackten Glühbirne tat ihrer Schönheit keinen Abbruch. Aber nein – Schönheit war nicht der richtige Ausdruck. Lydia und Adèle waren schön. Jelena war hübsch anzusehen. Snobs der Oberschicht seines Landes hätten sie als »Ladenmädchenschönheit« bezeichnet. Große blaue Augen, kecke kleine Nase, voller, ein bißchen trotziger Mund. Sie trug ein anthrazitfarbenes Kleid, und der eine weiße Knopf am Hals schien den tiefen Ausschnitt noch zu betonen, der ihren Brustansatz zeigte.

Er wollte etwas sagen, aber es war, als habe irgendein Rädchen in seinem Gehirn ausgesetzt. Dann streckte sie ihm die Hände hin. Aber da hatte er sie schon in die Arme genommen, seine Lippen lagen auf den ihren. Einen Augenblick war da nur das gegenseitige Begehren. Dann machte er sich los, die Hände zu Fäusten geballt.

»Ich bin gekommen, um mit dir zu reden, Jelena.«

Sie legte ihm sanft die Hand auf den Mund und knöpfte ihm mit der anderen Hand den Mantel auf. Er legte ihn auf den Tisch, ein Knopf streifte die Gläser auf dem Tablett und brachte sie zum Singen.

»Setz dich, Jamie.«

Sie goß für sie beide Whisky ein und reichte ihm ein Glas, während er sich befangen in den Korbstuhl setzte. Sie nahm einen Schluck und betrachtete den korrekten, schlanken Mann mit dem ernsthaften, sommersprossigen Gesicht. Die Nase war zu groß und zu lang und der Mund zu klein, aber die leicht vorstehenden braunen Augen, die das Gesicht beherrschten, machten ein harmonisches Ganzes daraus. Um seinen Mund lagen Lachfältchen, aber nicht um die Augen – verräterische Spuren des routinierten Diplomatenlächelns, das nie seine Augen erreicht hatte. Er drehte das Glas in seinen langen Fingern, während er sie ansah.

»Wir brauchen uns nichts vorzumachen, Jamie...«

Er nickte abwartend.

»Ich bin gern mit dir zusammen, Jamie, und ich glaube, dir geht es ebenso. Und außerdem möchtest du mit mir schlafen. Wenn ein Mann sich nach einer Frau sehnt, kann er leicht Fehler machen und Dinge sagen, die er hinterher bedauert.«

Er schüttelte den Kopf. »Das mag auf einen jungen Mann zutreffen. Aber nicht auf mich.«

Sie lächelte zärtlich. »Im Gegenteil, Jamie. Je älter der Mann, desto größer ist für ihn die Gefahr, einen Fehler zu machen.«

»Vielleicht.«

»Siehst du... Deshalb wollte ich dich bitten, daß wir uns erst lieben und dann reden...«

Sie langte mit ihrem schlanken Arm nach hinten, ein Reißverschluß schnarrte, das Kleid glitt an ihr herunter, sie war nackt.

Sie wandte sich zu ihm, ohne jede Befangenheit. Ihre großen, festen Brüste bebten ein wenig, wenn sie sich bewegte, die langen Beine waren gespreizt, und nackt wirkte sie noch jünger als zuvor.

Das altmodische Bett war weiß lackiert. Sie hatte die Kissen beiseite geschoben und sah ihn an, während seine Hand über ihren Körper glitt und Erregung sich zur Zärtlichkeit, Zärtlichkeit sich zur Lust wandelte. Es hatte fast eine Stunde gedauert, bis er zu ihr gekommen war. Jetzt lag er zwischen ihren langen

Beinen, sein Gesicht an ihre Wange gelegt, mit einer Hand ihre blonden Haarsträhnen umfassend. Seine Züge waren ganz jung geworden.

»Jetzt können wir reden, Jelena«, sagte er leise.

Sie schüttelte lächelnd den Kopf.

»Warum nicht?« fragte er ein bißchen gereizt.

»Nicht, solange du deine Hand dort hast.«

»Jetzt hör mir einmal ernsthaft zu. In fünf Wochen reise ich zurück nach London. In dieser Zeit möchte ich dich täglich sehen, soweit das möglich ist.«

»Ist das eine Bitte oder ein Befehl?«

»Eine Bitte.«

Sie legte ihm sanft die Hand auf die Schulter. »Natürlich kannst du mich täglich sehen. Komm einfach her, wenn du dich freimachen kannst.« Sie stieg aus dem Bett, ging ins Wohnzimmer hinüber und kam mit der Whiskyflasche und den beiden Gläsern zurück. Sie machte zwei Drinks zurecht und legte sich wieder neben ihn. Er hob sein Glas. »*Slainte.*«

»Was heißt das?«

»Dasselbe wie *na sdarowje*. Es ist gälisch.«

»*Slainte*«, wiederholte sie und kippte den Whisky in einem Zug. Er legte seine Hand über eine ihrer großen Brüste. Sie spreizte die langen Beine. Seine Finger strichen sanft über das blonde Haarbüschel, das ihr Geschlecht eher betonte als verbarg. Ihr weicher Mund kam ihm leidenschaftlich entgegen, während er sie mit wachsender Erregung streichelte.

Es regnete in Strömen, als er das rote Backsteinhaus verließ. Der Botschaftswagen wartete an der Ecke Twerskoi Boulevard auf ihn.

An manchen Tagen – aber das waren die Ausnahmen – hinderten die Dienstpflichten den Botschafter an seinen Besuchen bei Jelena.

Drei Wochen lang verbrachten sie ziemlich regelmäßig ein, zwei Stunden zusammen, entweder in ihrer Wohnung oder im Haus ihrer Mutter auf dem Land. Krasin gab sich große Mühe, Parties und Empfänge zu organisieren, zu denen das Mädchen diskret mit eingeladen werden konnte.

Wenn sie allein waren, schien Hoult entspannt und glücklich, und wenn sie einander in der Öffentlichkeit begegneten, gelang es ihm aufgrund seiner diplomatischen Routine, Jelena gegenüber einen freundlich-neutralen Ton anzuschlagen. Doch ihr fehlte eine solche Routine.

Die ersten dunklen Wolken erschienen auf einem Botschaftsempfang, den Sir James Hoult für seinen Außenminister und den ihn begleitenden Minister für Kunst und Wissenschaft gab. Die Gäste von Theater, Film und den Medien waren diesmal gegenüber den Vertretern der Roten Armee und der Bürokratie in der Überzahl.

Ein neuer Bolschoi-Star sang Rachmaninow-Lieder. Mitten in das schöne, sanfte Lied vom Flieder ertönte das Klirren von splitterndem Glas, und man hörte eine laute, heftige Mädchenstimme: »Komitet Gosudarstvennoi besopastnosti – schawki.« Die Sängerin zögerte einen Augenblick und verstummte, der Begleiter spielte zaudernd noch ein paar Takte und hielt dann auch inne. In einer Ecke hatten mehrere Gäste ein wild um sich schlagendes, offensichtlich betrunkenes junges Mädchen gepackt. Der Botschafter ging hinüber. Es war, wie er befürchtet hatte: Das Mädchen war Jelena.

Sie trug ein enges Abendkleid aus schwarzem Samt, das blonde Haar war zerzaust. Hoult drängte sich zu der Gruppe durch, er sah, daß ihr Tränen übers Gesicht liefen und die schönen blauen Augen glasig waren. Sie hatte den Kopf zurückgelegt und weinte laut. Er legte ihr eine Hand auf die Schulter.

»Jelenka«, sagte er leise. »Jelenka- - -« Sie sah auf und verstummte, aber sie zitterte jetzt wie ein gefangenes Tier. Der rote Mund versuchte zu lächeln. »Jamie«, flüsterte sie. »Liebster Jamie. . .« Dann sank sie zu Boden. Krasin beugte sich zu ihr nieder und hob sie auf. Die Menge teilte sich schweigend vor ihm, während der Botschafter zu seinen Gästen zurückging.

Es war fast Mitternacht, und das Botschafterehepaar trank noch einen letzten Brandy mit den Ministern und ihren Frauen. Der Außenminister hatte es sich in dem bequemen Sessel gemütlich gemacht, die Krawatte gelockert, die Schuhe halb ausgezogen.

»Was war eigentlich mit dem Mädchen los, das vorhin diesen Krawall gemacht hat, Jamie?« fragte er Hoult.

»Sie hatte zu viel getrunken.«

»Und du hast, wie üblich, die Situation gerettet. Jeder Zoll ein Diplomat. Was rief sie denn da?«

»Sie hat etwas Unfreundliches über den KGB gesagt.«

»Alle Achtung. Was denn?«

»Sie hat die KGB-Leute *schawki* – Hunde – genannt, Köter, die um Abfallhaufen herumschnüffeln.«

»Hast du eine Ahnung, weshalb sie so aus dem Häuschen war?«

»Zu viel Streß, zu viel Alkohol...«

»Furchtbar, dieser Streß, der schlaucht uns alle heutzutage. Das habe ich neulich auch dem Premierminister gesagt. Seit wir im Amt sind, habe ich keine zwei Tage Urlaub gehabt. Nicht zwei Tage in eineinhalb Jahren, das muß man sich mal vorstellen. Hallo, da ist ja unser Schauspieler!«

Ein Diener führte Krasin herein. Er war blaß und mühsam gefaßt. Hoult bot ihm einen Sessel an.

»Setzen Sie sich, Krasin. Trinken Sie etwas?«

»Ich bin gekommen, um Sie offiziell um Entschuldigung zu bitten, Exzellenz. Wir bedauern den Zwischenfall außerordentlich.« Er wandte sich an den Außenminister. »Es tut uns besonders leid, Sir Edward, daß so etwas ausgerechnet während Ihres Besuches geschehen mußte.«

»Keine Ursache, mein Lieber. So etwas passiert überall mal. Setzen Sie sich, nehmen Sie einen Drink.«

Krasin nippte an seinem Whisky und sah, daß der Botschafter ihn ohne Freundlichkeit beobachtete. Der Minister hob sein Glas.

»Wie heißt es bei euch? Ra sdrowje?«

Krasin ging rasch auf seinen leichten Ton ein. Daß die Aktion nun endgültig gescheitert war, lag auf der Hand. Jetzt ging es zunächst nur darum, die Situation zu entschärfen.

»Was passiert mit dem Mädchen? Nach Sibirien schickt ihr eure Leute ja wohl nicht mehr?«

Krasin lachte. »Nein, Herr Minister. Nach Sibirien gehen heute nur Ingenieure und Techniker, die dort viermal soviel verdienen wie in Moskau.«

Während Hoult seine Gäste hinausbegleitete, blieb Adèle Hoult bei Krasin sitzen. »Ist sie dein Mädchen, Viktor?«

»Wir sind gute Freunde, mehr nicht.«

»Wie nennst du sie?«

»Jelena.«

»Bedeutet Jelenka dasselbe?«

»Das ist eine Verkleinerungsform. Wie bei euch Nell für den Namen Helen.«

»Was wird mit ihr geschehen?«

»Das weiß der Himmel. Denk nicht mehr daran.«

»Sie war ja ganz aufgelöst.«

»Du hast sie gesehen?«

»Ja, ich unterhielt mich gerade mit deinem Freund vom Moskauer Künstlertheater. Ich stand nur ein paar Meter von ihr entfernt.«

Ihre Blicke trafen sich einen Augenblick. Fröstelnd erhob

sich Adèle. »Ich bin jetzt doch froh, wenn wir erst wieder zu Hause sind.«

»Sag das nicht, Adèle. Wir haben uns große Mühe gegeben, es dir hier so schön wie möglich zu machen.«

Sie lächelte. »Das ist wahr, Viktor. Ich werde es dir nicht vergessen.«

Sie wollte offenbar noch etwas sagen, zögerte, dann lehnte sie sich vor und küßte ihn auf die Wange. Sie gingen zur Tür. Dort blieb sie noch einmal stehen.

»Ich habe das Gefühl, Viktor, daß wir heute abend beide Angst haben.«

»Angst? Wovor?«

Sie seufzte. »Das weiß ich nicht. Aber ich fühle mich nicht mehr sicher.«

Die Wachen salutierten, als Krasin aus dem Wagen stieg und langsam die breiten Stufen hinaufging. Oben blieb er stehen und sah noch einmal über den Platz. Der Schnee lag zwölf Zentimeter hoch, ein heller voller Mond hing am Himmel und ließ die Fassade der KGB-Zentrale kalkig weiß erscheinen. Auf dem Platz war kein Verkehr, und ein Strom warmer Luft wehte ihn aus den hohen Türen an. An der Pforte lagen zwei Nachrichten für ihn. Er sah auf die Uhr. Es war fast halb drei. Aber die Vorfälle dieses Abends hatten so viel Adrenalin in ihm freigesetzt, daß er keine Müdigkeit spürte.

Die anderen waren schon da. Als sechster war Tschebrikow vom Politbüro zu ihnen gestoßen. Schweigend warteten sie, bis Krasin seinen Mantel aufgehängt hatte. Sobald er saß, legte Solowjew los.

»Haben Sie inzwischen erfahren, was den Ausbruch des Mädchens ausgelöst hat, Krasin?«

»Nein. Sie ist noch nicht ansprechbar.«

»Wo ist sie?«

»In der Ljubljanka.«

»Wie erklären Sie sich diese Panne?«

»Ich habe von Anfang an darauf hingewiesen, daß sie trinkt und schwer zu steuern ist und –«

Solowjew ließ seine Faust dröhnend auf den Tisch niedersausen. »Verdammt noch mal, Krasin, es war Ihre Aufgabe, sie zu steuern!«

Krasin sah Solowjew an. Die anderen schwiegen. »Genosse Oberst, Sie haben das Wesentliche nicht begriffen.«

Solowjew hatte Speichelbläschen vor dem Mund.

»Vielleicht sind Sie so freundlich, uns arme unwissende Bauern in Ihre intellektuellen Geheimnisse einzuweihen!«

Das war ein Rückzieher, stellte Krasin fest. Solowjew appellierte an seine Kollegen, ihm moralische Unterstützung zu geben. Sein Gesicht war puterrot vor Zorn, aber man sah seinen Augen an, daß er eine Falle witterte.

»Das Mädchen liebt Hoult, Genosse Oberst. Sie ist verzweifelt über den Verrat, den sie gezwungenermaßen an ihm begangen hat.«

»Blödsinn. Erzählen Sie mir nicht, daß man eine Zwanzigjährige nicht lenken kann!«

Der Mann vom Politbüro legte Solowjew beschwichtigend die Hand auf den Arm und nickte Krasin zu. »Ihre Meinung bitte, Genosse«, sagte er leise und ruhig.

Krasin lehnte sich zurück. Sein Gesicht war jetzt blaß und erschöpft. »Wir können die Aktion abblasen und Hoult laufenlassen, oder wir können das Beweismaterial einsetzen, das wir schon haben. Sonst ist die ursprüngliche Operation geplatzt.«

»Wie war die Reaktion heute abend in der Botschaft?«

»Cool. Sehr cool. Der Außenminister hat meine Entschuldigung entgegengenommen und den Vorfall heruntergespielt. Aber Hoult hat mir einen Blick zugeworfen, als hätte er mich am liebsten auf der Stelle erwürgt. Seine Frau wittert offenbar schon etwas.«

»Und was wird Hoult Ihrer Meinung nach jetzt tun?«

»Er wird – das steht für mich so gut wie fest – jeden Kontakt zu Jelena abbrechen. Die Szene heute abend dürfte ihm genügt haben.«

»Was empfehlen Sie, Krasin?«

»Wir machen weiter wie geplant. Wir konfrontieren ihn mit dem Beweismaterial, behaupten, Jelena sei durch ihre Beziehung zu ihm so aus den Fugen geraten – und dann lassen wir ihn laufen und können nur hoffen, daß er uns dankbar ist für das, was wir für ihn getan haben.«

»Und was haben wir für ihn getan?«

»Wir haben ihm Ärger und einen politischen Skandal erspart, wir haben praktisch seine Karriere gerettet.«

»Wann sollten wir uns Hoult vornehmen?«

»Sobald das Mädchen wieder nüchtern ist. Wir stellen sie vors Bezirksgericht. Ich gebe der ausländischen Presse einen Tip, und Jelena kann – natürlich ohne Namen zu nennen – andeuten, daß hinter dieser Geschichte ein Mann steckt. Dann sprechen wir Hoult an und tun so, als hätte Jelena uns alles erzählt. Das Gericht unterbricht die Verhandlung mitten in der Beweisaufnahme, und wenn Hoult so reagiert, wie wir hoffen, wird der Prozeß ganz abgebrochen, und wir können die Kleine aus Moskau abschieben.«

Kusnezow grinste hämisch. »Damit du sie selber wieder bumsen kannst, was?«

Solowjews große Tatze fing Krasins Schlag gerade noch rechtzeitig ab. »Sie gehen zu weit, Kusnezow. Genosse Krasin hat schon gegen die Deutschen gekämpft, als Sie noch die Schulbank gedrückt haben. Wir vertagen die Entscheidung auf morgen, Krasin. Legen Sie sich jetzt erst mal ein bißchen hin.«

James Hoult war, nachdem er seine Gäste auf ihre Zimmer begleitet hatte, noch einmal in sein Büro gegangen. Er schaltete das Radio an und stellte die BBC, ein. Radio 4 hatte sein Programm schon beendet, Radio 3 brachte eine Testsendung, in Radio 1 gab ein jugendlicher Dummkopf, der mit einem seiner Hits in die Schlagerparade gekommen war, seine Ansichten über Sex, Religion und Abtreibung zum Besten. Ärgerlich schaltete Hoult das Gerät wieder aus. Hier fand er keinen Trost, keinen Festpunkt für ein verunsichertes Leben. Er nahm die Dimple-Haig-Flasche aus dem Barfach, goß sich einen Drink ein und setzte sich an seinen Schreibtisch.

Was bist du für ein Mensch? Ein Puritaner, gab er sich selbst zur Antwort. Kein schottischer Puritaner, sondern ein Puritaner von Natur und Neigung her. Und doch. . . Er dachte an das, was Adèle einmal gesagt hatte. Sie hatte eine Platte aufgelegt, als er das Zimmer betreten hatte, und er war stehengeblieben, um zuzuhören. Als die Musik verstummt war, konnte er kaum sprechen vor Bewegung. Sie hatte ihn überrascht angesehen. »Jamie, Liebster, manchmal bist du mir ein Rätsel. Unter deiner Kühle und Korrektheit steckt, glaube ich, ein Romantiker. Wehe uns, wenn er eines Tages losgelassen wird. Übrigens – es war das Violinkonzert von Mendelssohn.«

Die Russen waren Puritaner, sie würden sich wohl fühlen in Edinburgh und Cardiff. Aber darüber hinaus waren sie auch Bauern geblieben. Er holte ein kleines Foto aus der Brieftasche. Es war in der Mitte geknickt, aber man erkannte das hübsche Gesicht, das hochfrisierte blonde Haar, die großen, sanften Augen, den weichen, lächelnden Mund. Er sehnte sich nach ihr. Sehnte sich nach den großen, schweren Brüsten in seiner Hand. Den langen, schlanken Beinen, dem liebevoll-amüsierten Lächeln, wenn sie die Beine spreizte, um ihm die Erregung ihres Schoßes zu zeigen. Er hatte nie geglaubt, daß Liebe und Lust den gleichen Quellen entspringen konnten, das hatte er erst bei

Jelena gelernt. Sie schenkte sich ihm großzügig, rückhaltlos, so wie man Blumen oder Obst verschenkt. Und er sehnte sich nicht nur danach, mit ihr zu schlafen, sondern einfach danach, bei ihr zu sein. Trotz ihrer unterschiedlichen gesellschaftlichen Stellung waren sie sich im Grunde genommen sehr ähnlich. Beide ließen sich nicht vom Intellekt, sondern von bäuerlicher Weisheit, von der Freude an den einfachen Dingen im Leben leiten.

In dem Rosenholzschreibtisch lagen Briefpapier und Umschläge. Er nahm ein Blatt heraus und schrieb ein paar Worte. Dann klingelte er, faltete das Blatt und schob es in einen Umschlag. Der rote Siegellack zischte und flammte auf, während der Bote hereinkam und wartend stehenblieb. Hoult streckte die Hand nach dem Dienstsiegel der Botschaft aus, zögerte, zog sie wieder zurück. Er drehte den Umschlag um, schrieb schwungvoll einen Namen darauf und sah den Boten an.

»Ah, Sie sind's, Borton. Geben Sie das dem Fahrer, er soll es sofort abliefern.«

Es war vier Uhr früh und schneite noch immer.

4

Krasin schlief den unruhigen Schlaf der Erschöpfung. Er hörte die Klingel, ehe er begriff, was der Laut zu bedeuten hatte.

Er erkannte den Botschaftswagen und den russischen Fahrer, einen jungen KGB-Leutnant. Im Hausflur war es zu dunkel, um den Brief zu lesen, auf dessen Umschlag sein Name stand. Er trat vor die Tür, bis an die Knöchel im Schnee versinkend, und hielt das Blatt unter den Lichtkreis der Straßenlaterne. Es waren nur wenige Zeilen:

»Ich muß unverzüglich Andropow sprechen. Schlage als Treff 8.00 Uhr vor, Dsershinski-Platz. Hoult.«

Krasin sah den Chauffeur an. »Was hat er für ein Gesicht gemacht, als er Ihnen den Brief gab?«

»Ich habe den Botschafter nicht gesehen, der Bote hat mir den Brief gegeben.«

»Wartet er auf Antwort?«

»Nein.«

Als er wieder in seiner Wohnung war, sah Krasin auf die Uhr. Es war 4.25 Uhr. Er griff sich das Telefon.

Jurij Wladimirowitsch Andropow schob die Frühstückssachen beiseite und griff wieder nach den Akten. Er erinnerte sich daran, daß die Aktion vor acht Monaten in einer Präsidialsitzung zur Sprache gekommen war. Er hatte ihr keine großen Chancen eingeräumt. Vor ein paar Jahren hatte der KGB etwas Ähnliches bei dem damaligen französischen Botschafter versucht. Die praktische Seite war ein voller Erfolg gewesen, aber die erhofften Ergebnisse hatten sich nicht eingestellt. Allerdings konnte er verstehen, daß die Versuchung, einen neuen Vorstoß zu machen, in diesem Fall besonders groß gewesen war. Großbritannien war ein wichtiges sowjetisches Zielgebiet, und die Aussicht, an höchster Stelle prosowjetischen Druck ausüben zu können, war schon einigen Schweiß wert.

Er griff zu seinem roten Telefon und bat Malygin, sich über Krasin mit dem Botschafter in Verbindung zu setzen. Er war mit dem Treffen um acht Uhr einverstanden.

Als neuer Vorsitzender des KGB hatte Andropow neue Spannungen geschaffen. Die Arbeitsnormen waren erhöht, andererseits die Privilegien ausgeweitet worden. Als sein Wagen auf den Dsershinski-Platz einbog, sah er, daß sich trotz der frühen Stunde schon ein Strom von Mitarbeitern durch die sechs Eingänge der KGB-Zentrale drängte. Offiziell begann der Dienst erst um neun, aber wer früher erschien, konnte in den Restaurants im Keller und im achten Stock ein gutes, billiges Frühstück bekommen.

Die Haupttreppe war gekehrt. Andropow ging, den vor ihm salutierenden Wachen zunickend, vorsichtig die Stufen hinauf. Sein Leibwächter behielt den Verkehr im Auge, bis der Chef in den Lift gestiegen war.

Auf dem massigen Schreibtisch blinkte die Direktleitung zum Kreml. Er hob ab, noch ehe er den Mantel ganz ausgezogen hatte. Der Kreml wünschte einen auf den neuesten Stand gebrachten Bericht über Illegale in den Vereinigten Staaten, und ein Mitglied des Präsidiums hatte die in einer KGB-Studie genannten Zahlen über die türkischen Flugzeugersatzteile in Frage gestellt. Nachdem er aufgelegt hatte, diktierte er eine Notiz auf Band, dann bat er die Zentrale, keine Gespräche mehr durchzustellen, bis er seine Unterredung mit dem britischen Botschafter beendet hatte.

Es klopfte, und Krasin betrat zusammen mit Hoult das Zimmer. Andropow registrierte, daß sie beide erschöpft und verkrampft wirkten.

Hoult hatte sich Andropow anders vorgestellt. Er war ein hochgewachsener Mann mit einem Gelehrtengesicht und einem liebenswürdigen Lächeln. Sein Englisch war fast perfekt.

»Guten Morgen, Exzellenz. Setzen wir uns doch hier herüber, da haben wir es bequemer.« Er deutete auf die Gobelinsessel. Krasin blieb stehen. »Ich glaube, wir brauchen unseren Freund Krasin nicht länger zu bemühen. Oder legen Sie Wert auf seine Anwesenheit?«

»Ich halte es für besser, wenn wir unter vier Augen miteinander sprechen«, gab Hoult kühl zurück. Andropow nickte Krasin verabschiedend zu und bot dem Botschafter eine Zigarette an. Dieser schüttelte den Kopf. Er saß bolzengerade in seinem Sessel, und Andropow merkte, daß er tief Luft holte, ehe er anfing zu sprechen.

»Seit einem reichlichen halben Jahr hat Ihre Organisation sehr viel Geld, sehr viel Zeit und sehr viel Kraft darauf verwandt, eine Situation zu schaffen, die es Ihnen ermöglicht hätte, Druck auf mich auszuüben.«

Hoult hielt, vielleicht auf Widerspruch gefaßt, einen Augenblick inne, aber Andropow schwieg mit höflich-unverbindlicher Miene.

»Ich beglückwünsche Ihre Leute zur ihrer Beharrlichkeit«, fuhr Hoult fort. »Besondere Raffinesse kann ich ihnen allerdings nicht bescheinigen. Offensichtlich versprach man sich vom Einsatz Ihrer jungen Damen die größten Erfolge. Weshalb Lydia Uspenskaja plötzlich zurückgepfiffen wurde, ahne ich nicht, aber es ist auch nicht wichtig. Noch ehe sie von der Bildfläche verschwand, lernte ich ein anderes junges Mädchen kennen, Jelena Markowa. Ich ging davon aus, daß sie etwas mit Ihrer Organisation zu tun haben müßte, weil sie in Krasins Clique war. Der Unterschied bestand lediglich darin, daß nicht Krasin die Wahl für mich traf, sondern daß ich sie mir ausgesucht habe.

Es war mir klar, daß Ihre Organisation, wie das in solchen Fällen üblich ist, versuchen würde, Beweismaterial über meine Beziehungen zu dem Mädchen in die Hand zu bekommen, Fotos, Filme, die üblichen Erpressertricks. Auch daß man mich vor meiner Rückkehr nach London auf irgendeine Art mit diesem Material konfrontieren würde, um mich zu einer Zusammenarbeit mit Ihren Leuten zu zwingen, habe ich erwartet.«

Andropow lehnte sich ein wenig zu ihm herüber. »Sir James, wir sind beide erfahrene Männer, wir kennen uns aus in der Welt der Geheimdienste, und es ist möglich, daß das, was Sie eben sagten, im wesentlichen stimmt. Natürlich könnte ich das offiziell niemals zugeben, selbst wenn sich Ihre Behauptungen nach Prüfung der Fakten als zutreffend erweisen sollten. Aber ich kann nicht glauben, daß Sie mir nur deshalb einen Besuch abstatten, um mir zu sagen, daß meine jungen Leute sich ungeschickt benommen haben.«

»Genosse Vorsitzender, Sie wissen sicher bereits, daß es gestern abend in meiner Botschaft einen Zwischenfall gegeben hat. Jelena Markowa hat dort in betrunkenem Zustand eine Störung verursacht. Krasin hat sie mitgenommen. Vermutlich erwartet sie eine harte Strafe, weil sie Ihnen das Konzept verdorben hat. Ich verlange, daß sie sofort freigelassen wird und die Genehmigung erhält, nach London auszureisen, wenn ich dorthin zurückkehre.«

Es gab eine lange Pause. Andropow musterte nachdenklich Hoults eingefallenes Gesicht. »Eine Frage, Sir James: Wie denken Sie über die Sowjetunion?«

»Nach Auflösung des KGB ließe sich ganz gut darin leben.«

Andropow lächelte ein wenig. »Mindestens zwei Mitglieder des Politbüros würden sich Ihrer Meinung anschließen, möglicherweise mit der Einschränkung, daß sie eine Exekution der gesamten KGB-Leitung der Auflösung vorziehen würden. So, jetzt aber zu Ihrem Problem.« Er hob die Hand, als er sah, daß Hoult etwas sagen wollte.

»Einen Moment bitte, Sir James. Wir werden uns in dieser Angelegenheit selbstverständlich völlig nach Ihren Wünschen richten. Nur eins würde mich interessieren: Was geschieht, wenn die junge Dame in London ist?«

»Sie meinen, daß sich das machen läßt?«

»Aber natürlich. Erstaunt Sie das? Sie sehen aus, Sir James, als hätten Sie sich darauf vorbereitet, schweres Geschütz aufzufahren.« Er klopfte dem Botschafter ermunternd aufs Knie. »Erzählen Sie mir von der Kleinen. Ich kenne sie nicht. Sie soll ja bildhübsch sein.«

»Ja, sie ist hübsch, aber –«

Andropow unterbrach ihn wieder mit einer Handbewegung. »Sir James, Sie wollten gerade wieder Genosse Vorsitzender zu mir sagen. Muß das sein? Sie sind mir sympathisch, wir werden sicher gute Freunde werden. Ich heiße Jurij und werde Sie James nennen. An dieser Geschichte macht mir nur eins Sorgen...«

»Nämlich?«

»Ich glaube, es war Oscar Wilde, der einmal gesagt hat: ›Warum haßt er mich? Ich habe ihm nie etwas Gutes getan.‹ Werden Sie uns hassen, weil ich Ihnen geholfen habe?«

»Darf ich ganz deutlich werden?«

Andropow breitete die Hände aus. »Aber natürlich, mein Freund. Heraus mit der Sprache.«

»In jedem anderen Land würde ich nicht um Ihre Hilfe bitten müssen, da könnten wir tun und lassen, was wir wollen.«

Andropows Gesicht verschattete sich sekundenlang, dann lachte er. »Das ist natürlich ein bißchen überspitzt ausgedrückt, wie Sie genau wissen. Aber ich verstehe schon, was Sie sagen wollen. Gut, damit wäre dieses Problem gelöst. Jetzt zu den praktischen Erwägungen. Ich werde dafür sorgen, daß die junge Dame – falls man sie festgehalten hat – sofort entlassen wird. Krasin soll ihr ein Zimmer in einem der zentral gelegenen Hotels besorgen. Das Visum beschaffen Sie ihr über London?«

Er schüttelte Hoult die Hand. »Zögern Sie nicht, sich an uns zu wenden, wenn Sie noch irgendwelche Wünsche haben. Vielleicht sehen wir uns noch einmal vor Ihrer Abreise, aber auf alle Fälle möchte ich Ihnen schon jetzt viel Erfolg für Ihren neuen Posten wünschen. Versuchen Sie, uns in guter Erinnerung zu behalten.«

Vor der Revolution war das Gebäude die Zentrale der Allrussischen Versicherungsgesellschaft gewesen. Jetzt war es die Lubljanka, das Sondergefängnis des KGB.

Hoult ging an Krasins Seite durch die düstern Gänge. Der Kontrast zwischen Krasin, dem Schauspieler-Charmeur, und Krasin, dem KGB-Mann, der sich offensichtlich in dieser grausigen Umgebung auskannte, erschreckte ihn.

Jelena saß auf einer hölzernen Pritsche und hatte die Hände vors Gesicht gelegt. Sie trug noch immer das schwarze Samtkleid. Es hatte Risse und Flecken von Erbrochenem. Als sie den Kopf hob, sah Hoult, daß ihr Gesicht geschwollen war und sich Blutergüsse über den schlanken Hals bis auf die Schultern zogen. Sie schluckte und versuchte vergeblich aufzustehen.

»Jamie«, flüsterte sie, »haben sie dich auch erwischt?«

Hoult wandte sich an Krasin. Seine Stimme war brüchig vor Zorn. »Sie sind also offenbar der Botenjunge in diesem schmutzigen Geschäft. Unsere Kontakte werden sich in Zukunft auf das Allernotwendigste beschränken. Zwischen uns ist alles aus. Besorgen Sie ihr einen Wagen und lassen Sie sie ins Hotel National bringen.«

Es war kein Glückstag für Krasin. Das ganze Team war in Andropows Büro zusammengetrommelt worden und mußte sich stehend seine Standpauke anhören. Am meisten aber mußte Krasin einstecken.

»Er hat es von Anfang an gewußt, Krasin, man stelle sich das einmal vor. Wie blutige Anfänger müssen sich Ihre Leute benommen haben. Und jetzt haben wir die Bescherung. Er vergnügt sich mit zwei unserer Schwalben und will eine sogar mit nach England nehmen. Und Sie, Solowjew, frage ich: Lag denn über den Mann vor Beginn der Operation kein psychologisches Gutachten vor? Ich bin mir vorgekommen wie ein Kerl, der ihm ein Mädchen für eine Nacht andient. Es fehlte nur noch der Zigeuner, der ›Schwarze Augen‹ fiedelt...«

Er hielt sekundenlang inne, um Atem zu holen. Dann fuhr er mit gefährlich leiser Stimme fort: »Aber merkt euch eins: Von jetzt ab behalte ich persönlich die Fäden in der Hand. Was geschieht, bestimme ich allein. Ihr Idioten habt mir keine andere Wahl gelassen. Krasin, Sie tun, was er verlangt, und informieren mich laufend. Notfalls jede Stunde. Solowjew, Sie sorgen dafür, daß Hoult zu sämtlichen wichtigen Empfängen eingeladen wird, bis er abreist. Er muß glauben, daß er sich heute früh in allem durchgesetzt hat. Alles klar?«

Mit einer ungeduldigen Handbewegung scheuchte er sie aus dem Zimmer wie eine lästige Taubenschar. Als sie fort waren, sagte er in die Gegensprechanlagegg »Malygin? Prüfen Sie, ob wir in London eine wirklich gute Kraft haben. Nicht zu alt, die Aktion ist langfristig angelegt. Falls es dort noch keinen brauchbaren Mann gibt, machen Sie mir zwei Vorschläge für eine Versetzung.«

5

Hoult lag auf dem Rücken. Er war wach. Jelenas schlankes Bein lag quer über seinem Leib, ihr Arm über seiner Brust. Die Vorhänge vor dem großen Fenster waren nicht zugezogen, und er sah den watteleichten Schnee, der hoch auf den Fenstersimsen lag. Von Zeit zu Zeit hörte er den leisen Laut eines Orchesters, der aus einem der unteren Geschosse des Hotels kam. Und ganz weit weg hörte er einen Zug pfeifen.

Adèle war nach England geflogen, um das Haus in Ordnung zu bringen. In zwei Wochen war ihre Moskauer Zeit abgelaufen. Er schlief jetzt jede Nacht mit Jelena und empfand eine nie gekannte Freude am Leben. Er hatte sich nie für sexuell verklemmt gehalten, begriff aber jetzt, daß er es gewesen war. Die Verbeugungen vor der Wohlanständigkeit, die ständige Rücksichtnahme, die gängige Auffassung, die Frauen auf ein Podest mit dem Schild »Nicht berühren« stellte – das alles hatte den Geschlechtsverkehr für ihn zu einer leeren Formel gemacht. Und jetzt begegnete ihm, dem Mann in den Fünfzigern, ein junges, hübsches Mädchen, das ihn wieder das Vergnügen am Sex gelehrt hatte und das ihn liebte.

Zum ersten Mal in seinem Leben wurde er um seiner selbst willen geliebt und bewundert. Nicht als der tapfere Major der Black Watch, nicht als der gerechte Verwalter in Feindesland, nicht als der clevere Bankier, und ganz gewiß nicht als Diplomat. Manchmal kam ihm das alles vor wie ein verrückter, unglaublicher Traum.

Andropow hatte nach Krasin und Solowjew geschickt. Sie saßen jetzt in den bequemen Gobelinsesseln, die ein bißchen nach Mottenpulver rochen. Neben Andropow saß ein brünetter Mann mittleren Alters miit hohen Wangenknochen und Bürstenhaarschnitt. Der dunkelblaue Anzug war gut geschnitten, die eleganten Schuhe stammten sichtlich aus dem Ausland. Um den Hals hatte er ein goldgerändertes Monokel an einer schmalen Kordel.

»Professor Simonow hat einige Jahre in Leningrad verbracht«, stellte Andropow den Fremden vor. »Sein Spezialgebiet sind die psychiatrischen Bedingungen in Westeuropa im Zusammenhang mit Vernehmungen unter starkem Druck. Habe ich das richtig ausgedrückt, Professor?«

Der Wissenschaftler sah auf. »Ich begann mit Untersuchungen an heimgekehrten Kriegsgefangenen. Dabei interessierten mich die Auswirkungen der überstandenen Streßsituation auf ihre Psyche und das Ausmaß ihrer Wiedereingliederung ins normale Leben.

Man hat mich dann gebeten, einen Ausbildungsgang für KGB und GRU auszuarbeiten, der es den Mitarbeitern ermöglichen sollte, Feindverhören besser standzuhalten. Davon ausgehend beschäftigte sich meine Abteilung mit Verfahren zur Verbesserung unserer eigenen Verhörmethoden feindlicher Agenten. Hiermit war natürlich eine ausgedehnte Erforschung der Reaktionen von Amerikanern und Westeuropäern auf alle möglichen Arten von Streß verbunden.«

Andropow sah seine anderen beiden Besucher an. »Ich habe Professor Simonow um eine Analyse des britischen Botschafters gebeten.«

Simonow griff nach einem Klemmbrett, das er an seinen Sessel gelehnt hatte. »Ich muß betonen, meine Herren, daß dies nur eine allgemeine Stellungnahme sein kann, die Ihnen helfen soll zu entscheiden, wie man diese Situation am besten in den Griff bekommt. Ich habe Ihre Filme gesehen, habe mir Ihre Bänder angehört und mich in Ihre Berichte vertieft. Der Vorsitzende Andropow hat mir auch einiges über die Vorgeschichte des Falles erzählt.

Zusätzlich lagen mir Fotokopien von Hoults medizinischen Untersuchungsbefunden vor, die allerdings nichts Aufschlußreiches ergaben. Physisch hat er keine Probleme, er ist kerngesund.

Ich muß betonen, daß ich mich bisher hauptsächlich mit Amerikanern beschäftigt habe. Sie wissen, daß es gewaltige Unterschiede zwischen Russen und Amerikanern gibt, vom Temperament und von der Lebenseinstellung her, aber auch Amerikaner und Briten unterscheiden sich in dieser Hinsicht beträchtlich. Meine Erfahrungen mit Briten sind sehr begrenzt. Bei unserem Mann handelt es sich außerdem noch um einen Schotten, was die Sache noch weiter kompliziert.« Er lächelte. »Immerhin – er ist ein Mensch aus Fleisch und Blut, und damit können wir doch schon einiges anfangen.

Er stammt aus bescheidenen Verhältnissen, seine schulischen Leistungen waren nicht bedeutend, Erfolgserlebnisse hatte er erst als aktiver Soldat. Fast sechs Jahre lang ist er im Militärdienst. Nach diesem Aufstieg wird er Verwaltungsbeamter im besetzten Deutschland. Wir können davon ausgehen, daß es die Ehe mit der Tochter eines einflußreichen Mannes war, der er die Stellung bei der Bank verdankt. Schließlich wird er, ein alter Freund des Premierministers, Botschafter in Moskau.

Aus seiner Militärzeit wissen wir, daß er körperlichen Mut besitzt. Wir haben gewisse Hinweise darauf, daß er auch moralisch tapfer ist. Obgleich er hautnah mit Politik zu tun bekommt, tritt er nicht in eine Partei ein. Er gibt als Bankier profranzösische Ratschläge, mit denen er sich bei seinen Geschäftsfreunden nicht gerade beliebt gemacht haben dürfte. Nach allem, was uns über ihn vorliegt, erscheint er als ein Mann, der sich nicht nur mühelos einer neuen Umgebung anpaßte, sondern auch erfolgreich auf vielen verschiedenen Gebieten war.

Und was geschieht jetzt? Dieser angepaßte Mann scheint mit Anfang Fünfzig plötzlich den Kopf verloren zu haben.« Er sah seine Zuhörer einen Augenblick wartend an. Als niemand etwas sagte, fuhr er fort:

»Nun zu meiner Beurteilung. Er ging gleich nach seinem neunzehnten Geburtstag in den Militärdienst. In diesem Alter pflegen viele junge Leute, besonders Europäer, über die Stränge zu schlagen. Ich habe amerikanische und britische Untersuchungen über die Scheidungs- und Promiskuitätswelle gelesen, die etwa zehn Jahre nach Kriegsende über diese Länder schwappte. In diesen Arbeiten wurde gefolgert, daß die Dreißigjährigen mit einem Rückfall in Teenagerverhalten jenen Teil ihres Lebens nachzuholen suchten, den ihnen der Krieg versagt hatte. Ausbrechen aus gewohnten Gleisen und Familienbindungen, der Beginn der Drogenwelle und ähnliche Erscheinungen sind typisch dafür. Aber unser Mann war damals fest in seine Pflichten eingebunden. Und jetzt, lange danach, in einem fremden Land, fern von diesen Zwängen, verlangt die Natur ihr Recht. Auch er sehnt sich unbewußt nach jenen Jahren zurück.

Ich glaube auch, daß ihm seine Karriere aufgezwungen wurde, daß er sich durch die Verhältnisse von einer Aufgabe zur anderen hat schieben lassen. Es ist denkbar, daß ihm deshalb Erfolg nicht so viel bedeutet wie anderen Männern.«

Er sah Andropow an. »Fragen? Stellungnahmen?« fragte dieser die anderen.

»Wie läßt sich diese Analyse nach Meinung von Professor Simonow für uns auswerten?« erkundigte sich Solowjew.

Simonow sah Andropow fragend an. Als dieser nickte, lehnte er sich vor.

»Wenn Sie auf diesen Mann unverhüllten Druck ausüben, wird er Sie zum Teufel schicken. Er ist bereit, auf alles zu verzichten – nur nicht auf das Mädchen. Helfen Sie ihm nach Kräften. Langsam, ganz langsam wird sich dieser Mann selbst zerstören. Seine Frau wird ihn wahrscheinlich verlassen, und wenn Sie die Möglichkeit dazu haben, sollten Sie diese Entwicklung beschleunigen. Sein Freundeskreis wird sich allmählich zurückziehen. Er hat Kraft genug, damit fertigzuwerden, aber er wird in Zukunft sehr verwundbar sein. Nach und nach wird er auch privat immer unsicherer werden, wird versuchen, das durch verstärkte Anstrengungen in seiner politischen Sphäre auszugleichen. Er wird Rückenstärkung nötig haben, und da können Sie einspringen. Nicht nur mit Ihren eigenen Leuten, sondern auch mit den anderen Europäern. Man sollte den Eindruck gewinnen, daß er nicht nur bei den Sowjets, sondern allgemein in Europa ein einflußreicher Mann ist. Das ist die Taktik, die ich verfolgen würde.«

»Wie weit, glauben Sie, können wir ihn uns nutzbar machen?« Das war wieder Solowjew.

Simonow lehnte sich zurück und strich nachdenklich sein Hosenbein glatt.

»Es gibt zwei Möglichkeiten, aber wenn Sie beide Wege gehen wollen, müssen Sie sehr vorsichtig sein. Er wird Vorschlägen zugänglich sein, sich für unseren Standpunkt einzusetzen, sofern Sie ihn gründlich und allmählich davon überzeugen

können. Und Sie werden ihn bei sorgfältiger Vorbereitung auch praktisch einsetzen können.«
»Sie meinen – als Agenten?«
»Genau das meine ich.«

6

Hoult, der wußte, daß Adèle nach einem Heim für sie suchte, das sie doch nie zusammen bewohnen würden, war sich darüber klar, daß er es ihr sagen mußte. Er war nicht der Typ, der sich ohne größere Gewissenskonflikte gleichzeitig eine Frau und eine Geliebte leisten konnte.

Drei Tage nach seinem Gespräch mit Andropow bat er noch einmal um eine Unterredung mit dem KGB-Chef. Sie trafen sich auf einem Empfang für die sowjetischen Turner vor deren Abreise zu einer Südamerika-Tournee.

Andropow kehrte seine charmanteste Seite heraus und bat ihn zu einem tiefen Ledersessel am offenen Kamin. »Ich habe den Genossen Solowjew gebeten, an unserem Gespräch teilzunehmen. Formalitäten, Dokumente – all das ist sein Ressort.«

»Darüber wollte ich gerade mit Ihnen sprechen. Es handelt sich um die Dokumente für Miss Markowa. Ich wäre Ihnen dankbar, wenn Sie dafür sorgen könnten, daß sie einen Paß bekommt.«

»Kein Problem, James. In einer Stunde kann sie ihn haben.«
»Allerdings sollte es ein amerikanischer Paß sein.«

Solowjew warf Andropow einen raschen Blick zu, den dieser ignorierte. »Können wir ganz offen miteinander reden?« fragte er.

»Sicher«, gab Hoult zurück.

»Wäre es nicht einfacher für Sie, wenn wir das Mädchen pro forma in den Stab unserer Handelsmission aufnehmen würden?«

»Vielleicht habe ich mich nicht klar genug ausgedrückt. Ich werde sie heiraten.«

Andropow griff mit bewundernswerter Gelassenheit nach seinem Glas. »Wird das Ihrer Meinung nach Auswirkungen auf Ihren neuen Posten haben?«

»Nicht, wenn sie amerikanische Staatsbürgerin ist.«

Jetzt endlich sah Andropow seinen Mitarbeiter an. »Sie wollten etwas sagen?«

Solowjew wandte sich an Hoult. »Ich verstehe, worauf es Ihnen ankommt, aber es ist denkbar, daß sie von Leuten wiedererkannt wird, die sie in Moskau gesehen haben. Sehr wahrscheinlich ist es nicht, weil sie wenig mit Ausländern zusammenkam, aber man muß damit rechnen. Ich würde vorschlagen, daß wir sie zu einer Amerikanerin polnischer Herkunft machen. Damit läßt sich vieles erklären.«

Hoult nickte. »Einverstanden. Sie werden das in die Wege leiten?«

Jetzt schaltete sich Andropow wieder in das Gespräch ein. »Natürlich. In diesem Falle dauert es natürlich etwas länger, aber dafür haben Sie sicher Verständnis. Bei einer Eheschließung müssen die Dokumente echt wirken. Was brauchen wir, Solowjew?«

»Paß, Geburtsurkunde, Steuerbeleg, Visum und Gesundheitsbescheinigung. Sie müßte für etwa eine Woche in die USA reisen, nach New York oder vielleicht nach Pittsburgh. Noch besser wären zwei Wochen.«

»Wie kommt sie dorthin?«

»Moskau – Dublin, Dublin – Montreal. Von dort bringen wir sie über die Grenze zu einem Stützpunkt in Albany.«

»Brauchen Sie Unterstützung wegen des englischen Visums?«

Solowjew lächelte ein wenig und öffnete schon den Mund zu einer Antwort, aber Andropow hob die Hand.

»Ich halte es für besser, wenn wir uns um diese Formalitäten selbst kümmern, James.« Er goß sich noch einen Drink ein. Solowjew verabschiedete sich und zog ab. »Haben Sie es Ihrer Frau schon gesagt?« wollte Andropow wissen.

»Nein. Ich werde es ihr sagen, sobald ich in London bin.«

»Weiß es der Premierminister?«

»Dem sage ich es ebenfalls nach meiner Rückkehr.«

»Welche Reaktion erwarten Sie von ihm?«

»Überraschung. Es wird ihm leid tun – für uns beide.«

»Kein Schock?«

Hoult lächelte. »Er ist selbst zum dritten Mal verheiratet. Und ich habe den Eindruck, daß für ihn das Privatleben anderer Leute tabu ist.«

»Richtig, daran hatte ich im Augenblick nicht gedacht.«

Der Chef des KGB hatte sehr wohl daran gedacht. Aber er war erleichtert, daß Hoult das Problem offensichtlich von allen Seiten durchdacht hatte.

Ein Wagen des Foreign Office holte Sir James in Heathrow ab und brachte ihn in die Stadt. Er nahm sich ein Zimmer im Reform Club. Adèle hatte er über die genaue Zeit seiner Ankunft im unklaren gelassen. Er beschloß, sich morgen telefonisch bei ihr anzumelden und das Gespräch so schnell wie möglich hinter sich zu bringen.

In der Charing Cross Station waren schon die Weihnachtsdekorationen angebracht, stellte er fest, als er zum Bahnsteig 5 ging. Die Sonne kam hervor, als der Zug Sevenoaks hinter sich ließ, aber die Obstgärten wirkten düster und kahl, als hätten sie sich seiner Stimmung angepaßt. Am Bahnhof in Tunbridge Wells nahm er ein Taxi.

Adèle war nicht zu Hause gewesen, als er angerufen hatte, und er hatte Mrs. Hoskin, der Haushälterin, Bescheid gesagt, die ihm jetzt auch öffnete. Adèle war noch zum Einkaufen im Dorf. Schon fühlte er sich fremd in seinem eigenen Haus. Er versuchte sich die Erinnerung an frühere Weihnachtsfeste zurückzurufen, aber es gelang ihm nicht. Sie gehörten zu einem anderen Leben.

Er saß auf dem breiten Doppelbett im Schlafzimmer, als Adèle eintrat. Sie hatte noch den Mantel an und trug eine Pelzmütze. Ihr Gesicht war frisch und rosig von der kalten Luft. Er stand auf, als sie zu ihm herüberkam, ihm einen Kuß gab und sich in den Sessel mit dem bunten Chintzbezug setzte. »Ich habe schon auf dich gewartet, Jamie.«

»Wie – meinst du das?«

Sie seufzte. »Ich habe darauf gewartet, daß du mir endlich sagst, was mit uns geschehen soll.«

»Du hast es gewußt?«

Sie schüttelte nachdenklich den Kopf. »Nein, Jamie, ich habe es nicht gewußt. Aber ich bin eine Frau. Ich habe gespürt, daß es nicht mehr stimmt zwischen uns – und habe mir das übrige gedacht. Und ich wußte, daß du es mir erzählen würdest, wenn du soweit bist. Es ist diese Jelena, die damals auf dem Empfang war, nicht?«

»Ja. Ich möchte sie heiraten.«

»Hast du schon mit Travers gesprochen?« Travers war der Anwalt der Familie.

»Nein, ich habe es außer dir noch niemandem gesagt.«

»Wird das deine Karriere behindern?«

»Warum sollte es?«

»Weil sie Russin ist.«

»Ich werde es nicht herumerzählen.«

»Das sieht dir nicht ähnlich, Jamie.«

Er lächelte ein wenig. »Du wirst die einzige sein, die mein Geheimnis kennt.«

»Und wie machen wir es mit der Scheidung?«

»Darum kann sich Travers kümmern.«
»Ich kann also nichts tun, damit du es dir noch anders überlegst?«

Er schüttelte stumm den Kopf.

»Ob du es mir glaubst oder nicht, Jamie – ich wünsche dir von Herzen, daß du in deinem neuen Leben glücklich wirst. Als ich in den letzten Wochen hier allein war, habe ich viel über uns nachgedacht. Und dabei ist mir zum ersten Mal klar geworden, wie sehr ich dich vermissen werde.«

Sie sah ihn an, wie er, die Hände in den Taschen, auf der Bettkante saß. Er wirkte irgendwie jünger, fand sie. Und er machte ein Gesicht, als hörte er sich die guten Ratschläge einer älteren Schwester an.

»Was wirst du tun, Adèle?«
»Ich werde wieder nach Paris ziehen.«
»Es tut mir sehr leid.«
»Schon gut, Jamie. Soll ich es unseren Söhnen sagen?«
»Ja. Danke.«
»Willst du etwas essen? Oder kann ich dir einen Drink anbieten?«

Er brachte es nicht fertig, auf ihren leichten Ton einzugehen.
»Ich bestelle mir ein Taxi.«
»Nein, ich bringe dich hin.«

Am Bahnhof nahm sie seine Hand und hauchte ihm einen Kuß auf die Wange. »Keine Angst, die Nachstellungen der traditionellen Ehefrau, die ihren Mann schlechtmacht, weil die Ehe nicht gehalten hat, bleiben dir erspart, Jamie. Erinnere dich manchmal an mich, wenn du glücklich bist, und denk daran, daß ich versucht habe, dir zu helfen. Und ich werde auch an dich denken.«

»Wann wirst du an mich denken?«

Sie legte den Kopf an die Lehne des Wagensitzes und schloß die Augen. »Wenn ich einen schottischen Tonfall höre. Wenn ich Soldaten sehe. Wenn es Nacht ist. Und wenn Mendelssohns Violinkonzert gespielt wird.«

Er beugte sich zu ihr herüber, gab ihr einen Kuß und stieg rasch aus.

Das Gespräch mit dem Premierminister verlief erwartungsgemäß. Der Regierungschef hatte die Nachricht überrascht und voller Anteilnahme aufgenommen und dann die Rede auf seine bevorstehende Moskau-Reise gebracht. Andeutungsweise war von einem Platz im Oberhaus gesprochen worden. Aber man brauchte ja nichts zu überstürzen.

In Moskau war es Winter geworden und Jelena befand sich bereits in New York. Hoult verbrachte die letzten acht Tage damit, die Geschäfte an seinen Nachfolger zu übergeben. Der Abschiedsempfang fand in der polnischen Botschaft statt. Für den Tag seiner Ankunft in New York hatten die Polen eine Party vorgesehen. Auf dieser Party würde er offiziell Jelena kennenlernen.

Er hatte einen Direktflug von Moskau gebucht. In Goose Bay waren sie vier Stunden festgehalten worden. Der Nebel war gerade lang genug aufgerissen, um den Start der Maschine zu ermöglichen. Aber Hoult störte das alles nicht. In Gedanken war er schon bei der Frau, die er liebte.

Washington hatte ihn im Waldorf untergebracht, und die Einladung der Polen erwartete ihn am Empfang. Die Party fand im UN-Gebäude statt.

Ein Wagen holte ihn kurz nach acht ab. Er sah Jelena sofort, und auch sie hatte ihn gleich entdeckt. Aber erst zwanzig Minuten später wurde er Miss Helen Markowa förmlich vorgestellt. Um zehn verließen sie getrennt die Gesellschaft, trafen sich am Haupteingang wieder und gingen zu Fuß die East Avenue hinauf. Während der Wind an ihren Sachen zerrte, blieben sie stehen und genossen es, sich in aller Öffentlichkeit umarmen zu können.

Sie verbrachten eine Woche miteinander, besuchten Theater und Konzerte, und die Klatschkolumnisten sorgten dafür, daß ihr häufiges Zusammensein nicht unbemerkt blieb.

Bei der Beschaffung des britischen Visums hatte es keine Schwierigkeiten gegeben. Zwei, drei Pressefotografen erwarteten sie, als sie in Heathrow zum Empfangsgebäude gingen. Am nächsten Tag brachten die Zeitungen ein, höchstens zwei Absätze darüber. Das war schon alles.

7

In der Garderobe roch es nach nassen Mänteln. Der Geruch erinnerte ihn etwas an die Army, aber er war nicht typisch für den Reform Club. Um 12.45 Uhr hatte es einen jener kurzen, aber heftigen Aprilschauer gegeben, und nur die Industriebosse, die ohne Mantel gekommen waren, weil ihre Fahrer sie bis vor die Tür brachten, waren ihm entgangen.

Um 15.30 Uhr waren die meisten Mäntel verschwunden. Hoult und sein Gast standen vor den großen Waschbbecken und wuschen sich die Hände. Eine halb aufgerauchte dicke Zigarre rauchte auf der Spiegelablage vor sich hin. Während

Lord Tutin sich die Hände abtrocknete, griff er nach dem Glimmstengel und klemmte ihn sich wieder zwischen die Zähne.

»Mein Wagen steht draußen, Jamie. Soll ich Sie ein Stück mitnehmen?«

»Nein, danke. Ich muß noch einmal telefonieren.«

Tutin griff sich seinen Regenschirm. »Ich werde dem Vorstand Bericht erstatten. Toby wird sich bestimmt bei Ihnen melden. Ohne Ihre Hilfe hätten wir dieses Geschäft nie durchziehen können. Seit sieben Monaten sitzt ein Mann von uns in Prag, aber er ist nicht einmal vorgelassen worden. IBM, CDC, Univac, sie alle haben wenigstens ein Angebot abgeben können, aber wir sind gar nicht so weit gekommen. Das ist bisher unser größter Auftrag, und es ist ein guter Einstieg für weitere Ostgeschäfte. Wir werden dafür sorgen, daß bekannt wird, wem wir es zu verdanken haben.«

Hoult nahm seinen Arm und ging langsam mit ihm zur Tür. Tutin blieb noch einen Augenblick stehen und zögerte. Dann kam es. »Tut mir leid, die Sache mit Ihnen und Adèle. Aber so etwas kommt eben heutzutage immer wieder vor. Passen Sie auf sich auf, alter Junge.« Vorsichtig stieg er die Stufen hinunter zu dem wartenden Wagen.

James Hoult ging wieder ins Haus und bestellte sich noch einen Kaffee. Nach der Scheidung – das war inzwischen schon wieder drei Monate her – hatte er häufiger solche Reden über sich ergehen lassen müssen. Die kurz vor der Hochzeit in *Private Eye* erschienene Notiz, er habe sich offenbar mit einer jungen Blondine über seine zerbrochene Ehe hinweggetröstet, hatte dann – obgleich er in den Klatschpostillen niemals namentlich erwähnt worden war – noch einmal Anlaß zu mitfühlenden Äußerungen gegeben.

Es war fast fünf, als er wieder in die Garderobe kam. Sein Mantel war inzwischen getrocknet. Er schob die Hand tief in die rechte Tasche. Das kleine Päckchen war tatsächlich verschwunden. Müßig überlegte er, wen sie sich im Reform Club wohl als Boten geangelt hatten.

Er blieb am Fernschreiber stehen, während er auf das Taxi wartete. Der Dockarbeiterstreik ging in die siebente Woche. Das gekidnappte Flugzeug stand noch immer in Heathrow – die Regierung war nicht bereit, die vier Iren freizulassen, die das St. George Hospital in die Luft gesprengt hatten. Die Verhandlungen dauerten an. Der Goldpreis war durch sowjetische Verkäufe in Zürich und Kairo um acht Punkte gefallen. Der Premierminister war zu einem Gespräch mit den streikenden

Nordseeöl-Roughnecks zusammengekommen. Der zuständige Minister leugnete, daß Pläne für eine Benzinrationierung bestanden. Der Kongreß überprüfte die Mitgliedschaft der Vereinigten Staaten in der NATO. Und ein Schulmädchen in Wiltshire hatte Vierlinge zur Welt gebracht.

Hoult hatte nie einen großen Freundeskreis gehabt, und kaum einer seiner Bekannten war überrascht, als es hieß, die Ehe sei in die Brüche gegangen, weil er den gesellschaftlichen Trubel nicht mochte. Hoult hatte keine offizielle Planstelle, sondern gehörte zum persönlichen Stab des Premierministers. Die Presse gewährte ihm während und unmittelbar nach der Scheidung die übliche Schonzeit, und weil er mit seiner Arbeit im Hintergrund blieb und sich nicht nach Publicity drängte, geriet er bei den Medien allmählich in Vergessenheit.

Tatsächlich gingen er und Jelena jetzt häufig zu Konzerten, ins Theater und ins Ballett, und er genoß diese Abende mit ihr. Die Gäste, die sie sich – selten genug – einluden, waren meist Industrielle, die seinen Rat in Exportgeschäften haben wollten. Öffentliche Empfänge besuchten sie nicht. Er hielt keinen Kontakt mit der Welt der Diplomaten, und diese Welt war ganz froh, ihn loszusein.

Kurz nach acht verließ er das Haus in der Downing Street und ging zu Fuß durch den milden Frühlingsabend zu seiner Wohnung in der Ebury Street zurück. Adèle hatte auf Unterhaltszahlungen verzichtet, und er war finanziell recht gut gestellt. Das Haus in Lamberhurst gehörte ihm noch, er war aber dabei, es zu verkaufen. Die Dörfler waren nach der Trennung von Adèle nicht direkt unfreundlich gewesen, aber sie hatten sich doch deutlich von ihm distanziert.

Jelena und er waren jetzt ein halbes Jahr verheiratet. Es war eine stille Trauung im Standesamt von Chelsea gewesen. Hinterher waren sie nach Edinburgh geflogen. Er hatte ihr das Haus in Methil gezeigt, wo er geboren war, und ein paar Leute, die ihn erkannten, hatten ihm zugenickt und schüchtern gelächelt.

Als er den Schlüssel ins Schloß steckte, läutete das Telefon. Er gab Jelena einen Kuß und hob ab. Es war die Sekretärin des Premierministers. Hoult hatte sie gebeten, ihm noch einmal den Entwurf des Berichtes vorzulesen, in dem er seine Empfehlungen an den Premierminister zu der von den Sowjets gewünschten Handelsanleihe formuliert hatte. Er hatte sich für eine taktvolle Ablehnung ausgesprochen und führte dafür vernünftige und wohlabgewogene Gründe ins Feld. Sir James hörte sich das Manuskript an, strich ein paar Wiederholungen und bat die Sekretärin, den Bericht zu tippen und so schnell wie möglich dem Premierminister vorzulegen. Er sollte am nächsten Tag im Kabinett besprochen werden.

Ihre Routinesitzung lag erst drei Tage zurück. Trotzdem berief Andropow eine Sondersitzung ein, nachdem er den Bericht aus London gelesen hatte.
Bei der Begrüßung der Teilnehmer war er verbindlich wie immer, aber Solowjew kannte ihn gut genug, um zu spüren, daß er verärgert war. Deshalb überraschte es ihn nicht, daß der KGB-Chef loskollerte, sobald sie am Tisch saßen.
»Jetzt sehen Sie sich das an, Solowjew! Er hat Schluß gemacht, behauptet, daß unsere Forderungen überzogen sind. Seit Monaten warne ich Sie! Ich habe mir unsere derzeitige Wunschliste einmal angesehen. Der NATO-Bericht. Zahlen über das Nordseeöl. Die Drohung der USA, aus der UNO auszutreten. Nicht zu reden von einem halben Dutzend Belanglosigkeiten. Er hat auch noch andere Ministerien von uns bedient. Und jetzt hat er uns die Mitarbeit aufgekündigt.« Er holte kurz Atem, ließ aber die anderen nicht zu Worte kommen. »Das Subversionsprogramm in Großbritannien ist startbereit. Und ausgerechnet jetzt bringen wir einen Mann, dessen Rat dort Gewicht hat, gegen uns auf, statt ihn auf unserer Seite zu haben.«
Andropow lehnte sich zurück und sah Solowjew an. »Was tun wir jetzt?«
»Was hat er als Grund für seine Weigerung angegeben?«
»Daß unsere Forderungen übertrieben sind. Mehr nicht.«
»Könnte es sein, daß es noch andere Gründe gibt, die er uns nicht verraten hat? Zum Beispiel könnte die britische Abwehr auf ihn aufmerksam geworden sein.«
Andropow griff nach einem Block und machte sich eine Notiz. »Wird geprüft. Noch etwas?«
»Frauengeschichten?«
Andropow schüttelte nachdenklich den Kopf. »Nein, die beiden scheinen gut miteinander auszukommen.« Er nickte den anderen Gesprächsteilnehmern verabschiedend zu. »Das ist alles, Genossen.«
Als sie gegangen waren, zündete er sich eine Zigarette an und setzte sich bequem zurecht, mit einer Hand das goldene Feuerzeug an der Kante des Blocks hin und her schiebend. »Unsere Leute dort haben vorzügliche Arbeit geleistet, Solowjew. In-

nerhalb von zwei Jahren haben sie Presse und Rundfunk durch neue Gesetze praktisch gelähmt. Es kann nicht eine Zeile in Druck gehen, mit der unsere Leute nicht einverstanden sind. Einen gewissen Spielraum lassen wir den Medien natürlich – aber nur da, wo es nicht wichtig ist. Die Verkehrsmittel – Eisenbahn, Häfen und so weiter – sind fest in unserer Hand.«

»Geht das über die Gewerkschaften?«

Andropow schüttelte lächelnd den Kopf. »Nein, die sind für uns seit 1974 abgemeldet. Wir brauchen sie nicht. Die Arbeiter werden von unseren eigenen Leuten gesteuert. Aber weiter... Die Engländer haben die wirtschaftliche Depression noch nicht überwunden, und zwischen Management und Arbeiterklasse, zwischen Arbeiterklasse und Mittelschicht bestehen schwere Spannungen. Allerdings ist die Mittelschicht jetzt langsam aufgewacht. Sie fängt an zu begreifen, wohin das alles treibt. Es gibt eine Gruppe einflußreicher Leute aus den beiden großen Parteien, die den Premierminister dazu bringen will, zurückzutreten und das Volk in einer Wahl entscheiden zu lassen. Nach unseren Informationen würde die Opposition mit fliegenden Fahnen gewinnen. Sie würde die Gesetze aufheben, die unseren Leuten so gut in den Kram passen, und jahrelang würde eine reaktionäre Diktatur herrschen.

Wenn wir den Premierminister noch mindestens einen, besser zwei Monate am Ruder halten können, wäre für diese Reaktionäre der Zug abgefahren. Hoult könnte das für uns erreichen. Wenn er es nicht schafft, dann schafft es keiner. Und dann wären Jahre des Planens und der Mühe nutzlos vertan.«

Solowjew ließ eine kleine Pause eintreten, damit es so aussah, als überlege er. Dann meinte er ruhig: »Es mag sich verrückt anhören – aber ich schlage vor, daß wir Krasin einsetzen.«

Andropow hob überrascht den Kopf. »Das hört sich tatsächlich reichlich verrückt an, Genosse Oberst. Wenn ich mich recht erinnere, verdanken wir es Krasin, daß unser ursprünglicher Plan gescheitert ist.«

»Da muß ich widersprechen, Genosse Vorsitzender. Daß der Mann der Uspenskaja die Hoults kannte, war ein dummer und nicht vorhersehbarer Zufall. Und bei der zweiten Panne waren wir alle froh, einen Sündenbock zu haben. Krasin hatte uns gewarnt, daß die Kleine gelegentlich einen über den Durst zu trinken pflegt. Und ein echter Schlag ins Wasser ist die Aktion ja auch nicht geworden. Wir haben aus Hoult beträchtlichen Nutzen gezogen. Erst jetzt wird er zum Problem.«

Andropow drückte langsam und sorgfältig seine Zigarette

aus. »Es ist ein gutes Argument, aber ich glaube, Krasin war nicht nur für uns, sondern auch für Hoult ein willkommener Sündenbock. Haben Sie noch andere Gründe für Ihren Vorschlag?«

»Hoult schickt Krasin private Neujahrsgrüße. Außerdem hat Krasin sich ein bißchen um Jelenas Mutter gekümmert.«

»Hängt die Tochter sehr an ihr?«

»Eigentlich nicht. Es ist mehr der Form halber – aber wir lassen ihm den Spaß.«

»Haben wir in den nächsten Tagen Gastspieltourneen in London?«

»Wir könnten innerhalb von vierundzwanzig Stunden etwas auf die Beine stellen.«

»Einverstanden, Solowjew. Heute abend um sieben treffen wir uns wieder hier.«

Hoult und Jelena, Toby und Lucy Marr und der Privatsekretär des Premierministers saßen noch lange nach dem Essen am Tisch zusammen. Es war Toby Marr, der durch eine harmlose Bemerkung eine Diskussion über die Sowjetunion auslöste.

»Im Ministerium soll ja nach der Vertragsunterzeichnung durch die Tschechen eine kleine Fete steigen. Bringst du die schöne Helena mit, Jamie?«

»Wann ist es denn?«

»Übermorgen, am Dienstag.« Er wandte sich an den Sekretär des Regierungschefs. »Meinst du, man könnte den Alten dazu bekommen, sich kurz dort zu zeigen?«

Tim Hart war Journalist gewesen, ehe der Premier ihn übernommen hatte, und die Industriebosse mutmaßten, daß er mit dem Herzen noch immer in der Fleet Street war. Er tat nichts, um sie von dieser Meinung abzubringen. Das war bequemer, als wenn er hätte zugeben müssen, daß er gern geadelt werden wollte.

»Kommt drauf an, wie lange es dauert. Um drei ist Fragestunde im Unterhaus, aber gegen vier könnte er sich vielleicht für eine Viertelstunde freimachen.«

Lucy Marr war berühmt für ihre bissigen Bemerkungen. Keiner war deshalb überrascht, als sie verächtlich sagte: »Es ist wirklich weit gekommen mit uns, wenn wir schon bei den Tschechen betteln gehen müssen. Muß das denn auch noch gefeiert werden?«

Ihr Mann, an ihre Ausbrüche gewöhnt, lächelte ihr liebevoll zu. »Dieser Auftrag erhält vielen Menschen – übrigens auch deinem Mann – den Arbeitsplatz, Liebling.«

Aber so leicht ließ sie sich nicht besänftigen. »Ist denn das der einzig wichtige Gesichtspunkt? Müssen wir mit Tyrannen paktieren, um zu unserem täglichen Brot zu kommen?«

»Hast du Angst, es könnte Schule machen, Lucy?« Tim Hart hob der zornigen Dame lächelnd sein Glas entgegen.

»So wie ich es sehe, hat es längst Schule gemacht. Unser Land ist das reinste Gefangenenlager. Wenn ein Verleger etwas drucken will, was den Gewerkschaften nicht gefällt, muß er sich von irgendeinem Ministerium die Genehmigung dazu geben lassen. Uns haben sie gezwungen, unser kleines Grundstück an der Algarve zu verkaufen. Angeblich wegen der Devisen. In Wirklichkeit geht es ihnen wahrscheinlich nur darum, die letzten Schlupflöcher zuzumauern. In diesem Jahr jagt ein Streik den anderen –«

Ihr Mann gab ihr einen sanften Rippenstoß. »Die Arbeitsniederlegungen kannst du den Gewerkschaften nicht anlasten, Schatz. Meist sind es wilde Streiks.«

»Das ist mir ganz egal. Jedenfalls treiben sie unser Land in den wirtschaftlichen Zusammenbruch.«

Hoult versuchte erfolglos, das Gespräch auf ein anderes Gleis zu bringen. »Spiel nicht den Diplomaten, Jamie. Davon habe ich allmählich genug. Nächstens wird man sogar bestraft, wenn man nur Kritik laut werden läßt.« Tim Hart lachte ein bißchen, aber sie fuhr ihn zornig an. »Das ist nicht zum Lachen, Tim. Deine lieben Parteifreunde haben das private Gesundheitswesen abgeschafft, um sich bei den kleinen Leuten beliebt zu machen, aber der Volksgesundheit haben sie damit keinen Gefallen getan. Im Gegenteil – auf eine Operation muß man jetzt ein Jahr warten. Es ist schon wie in Rußland.«

Hoult fuhr sich mit seiner Serviette über den Mund, legte sie locker gefaltet auf den Tisch und lehnte sich vor. »Es ist leider nicht wie in Rußland, Lucy. In der Sowjetunion gibt es mehr Ärzte als bei uns.«

»Dort gibt es ja auch mehr Menschen.«

»Nein, ich meine im Verhältnis zur Bevölkerungszahl. In der Sowjetunion kommt ein Arzt auf vierhundert Menschen, bei uns einer auf neunhundert.«

Lucy Marr machte ein verblüfftes Gesicht. »Aber bist du nicht gegen den Kommunismus, Jamie? Ich habe oft genug gehört, wie du Kritik an ihnen geübt hast.«

»Ich bin weder gegen noch für die Kommunisten, Lucy, ich bin einfach für Fakten.«

Sie zögerte einen Augenblick. Dann beendete sie von sich aus die Diskussion. »Du hast uns noch immer nicht verraten,

Jamie, ob Helen zu der Fete kommen wird.«
Jelena nickte lächelnd.

Doch Hoult und Jelena waren nicht dabei, als der Vertrag feierlich unterzeichnet und gebührend begossen wurde. Am Sonntagabend wurde Sir James nach Chequers gerufen. In einem der Unterkomitees der Vereinten Nationen war Kritik über die britische Innenpolitik laut geworden. Zwanzig oppositionelle Parlamentsabgeordnete und einige Anwälte hatten ein Dossier vorgelegt, das von dem zuständigen Unterkomitee an den Ausschuß für Menschenrechte zur Prüfung weitergegeben worden war. Das Dossier enthielt eine lange Liste angeblicher Verstöße gegen die UN-Charta. Ein Unterabschnitt wurde an den internationalen Gerichtshof weitergeleitet, weil darin Verstöße gegen die Verfassung, Einparteienherrschaft, Diskriminierung am Arbeitsplatz sowie Druck der Regierung auf Justiz und Medien angeprangert worden waren.

Die Unterzeichner des Dossiers hatten seinerzeit ihre Absicht, die Unterlagen an die UNO zu geben, öffentlich angekündigt, doch der Premierminister hatte das als leere Drohung angesehen. Die britischen Vertreter bei den Vereinten Nationen hatten nach Einsicht in die Unterlagen sofort den Regierungschef angerufen und ihm eine Zusammenfassung gegeben. Der Premier tobte. Als Hoult eintraf, saß er mit seinen Rechtsberatern zusammen.

Seine Anweisungen waren eindeutig. Hoult sollte unverzüglich nach New York fliegen und beim Generalsekretär der UNO förmlichen Protest anmelden. Wenn die amerikanischen Medien Wind von der Sache bekamen, sollte er eine Pressekonferenz geben, und es konnte nicht schaden, dabei ganz diskret einfließen zu lassen, die Unterzeichner des Manifests seien eine Bande von Faschisten. Der Premier war offensichtlich betroffen. Er hatte sogar die Möglichkeit geprüft, Verleumdungsklage zu erheben, aber davon hatte ihn sein Justizminister taktvoll wieder abgebracht.

Ein Dienstwagen hatte die Hoults vom Kennedy-Flughafen zum Waldorf gebracht. Hoult saß auf dem Doppelbett und hatte sich in eine lange Namensliste vertieft, während Jelena duschte.

Als sie aus dem Badezimmer kam, sah er ihr zu, während sie sich abtrocknete. Ihr Körper hatte noch nichts von seinem Zauber für ihn verloren. Sie sah womöglich noch jünger aus als an jenem Tag, an dem er sie zum ersten Mal gesehen hatte. Damals hatte er noch nicht einmal gewußt, daß Krasin ein falsches Spiel spielte.

Er deutete auf die Blätter, die vor ihm lagen. »Schau dir die Liste einmal an, Jelenka, und sag mir, ob dir der eine oder andere Name bekannt vorkommt. Es ist das Verzeichnis des sowjetischen Stabes in den Vereinten Nationen.«

Langsam fuhr sie mit dem Finger Zeile für Zeile nach. Dann sah sie auf und zuckte die Schultern.

»Zwei Namen kenne ich, glaube ich, aber wiedererkennen würde ich die Leute nicht. Vielleicht ist es besser, wenn ich dich nicht begleite. Wie lange bleiben wir in New York?«

»Zwei, höchstens drei Tage.«

Das Unterkomitee hatte zu besänftigen versucht. Nachdem der Schwarze Peter weitergegeben worden war, konnte man es sich leisten, Entgegenkommen zu zeigen. Im Generalsekretariat waren sie sehr kühl und förmlich gewesen.

Hoult stand am Haupteingang und wartete auf seinen Wagen, als er Krasin in Begleitung eines anderen Mannes sah. Sie waren an ihm vorbei die Stufen hinaufgegangen. Er wandte sich halb um, Krasin ließ seinen Begleiter stehen und kam zu ihm herunter. Einen Augenblick zögerten sie beide, dann schüttelten sie sich die Hand.

»Jamie! Was tust du hier?«

»Ich protestiere. Wieder einmal.«

»Wie lange bleibst du hier?«

»Einen, höchstens zwei Tage.«

»Können wir uns sehen?«

»Wäre das klug?«

»Nein, du hast recht, wahrscheinlich nicht. Aber ab Donnerstag bin ich für eine Woche in London. Vielleicht klappt es dort?«

»Schon besser. Ruf mich in der Downing Street an. Deine Botschaft hat ja die Nummer.«

Krasin sah ihn aus seinen großen braunen Augen ernsthaft an. »Es hat mir sehr leid getan, Jamie, daß es damals in Moskau diesen Mißklang gegeben hat.«

»So was kommt vor. Schwamm drüber.«

Hoult winkte ihm noch einmal zu und ging dann hinunter zu dem wartenden Rolls.

Der uniformierte Portier kam hinter seinem Schreibtisch in der Halle hervor. Dann blieb er lächelnd stehen und tippte an seine Mütze. »Ach, Sie sind's, Mr. Kenny. Ich hatte Sie im Augenblick gar nicht erkannt.«

Der breite, schwere Mann lachte. »Ich komme direkt aus dem Büro.«

Der Portier ging zum Aufzug und drückte den Knopf zum siebzehnten Stock. »Sie sind schon alle oben«, sagte er.

Hank Kenny schob ihm unauffällig einen Fünf-Dollar-Schein zu.

Es war gegen alle CIA-Regeln – aber Pokerfans haben ihre eigenen Gesetze, und das alle vierzehn Tage stattfindende Pokerspiel fiel nur während einer echten Krise aus, im Kriegsfall zum Beispiel oder wenn einer von ihnen gerade eine neue Freundin aufgerissen hatte, die er noch nicht allein zu Hause lassen konnte.

Die anderen saßen schon am Tisch, in Pullis, Jeans und Sandalen, umgeben von einer dichten Rauchwolke, berieselt von Country und Western aus der HiFi-Anlage. Sie verulkten Kenny ein bißchen wegen seines ernsthaften dunkelblauen Anzugs und holten eine frische Packung Bier aus dem großen Kühlschrank.

Alle vier waren leitende CIA-Beamte und trafen sich seit fast zwei Jahren zum Poker. Jeder wußte in etwa vom anderen, welchen Aufgabenbereich er betreute, aber Fachsimpeln war an diesen Abenden verpönt. Hier und da gab es mal einen kleinen Gedankenaustausch, der aber nie über das hinausging, was sie auch notfalls auf dem Dienstweg hätten erledigen können.

Wie immer machten sie um Mitternacht eine Sandwich- und Kaffeepause. Es war Lew Malins, der mit dem Klatsch anfing. »Hat einer von euch den UN-Bericht über die Briten gelesen?«

Con Hallows, der Ire aus Boston, spuckte Salami in seinem Eifer, eine Antwort zu geben. »England hat heute förmlichen Protest eingelegt. Sie haben extra einen Mann herübergeschickt. Es war im Fernsehen. Erst ein Interview im Waldorf, dann eine Szene, wie er mit dem britischen UN-Vertreter im VIP-Raum spricht.«

Malins nickte. »Seine Begleiterin haben sie auch gezeigt. Seine Frau, nehme ich an. Ganz schön was in der Bluse. Bildhübsch und blutjung. Dabei hat er schon graue Haare.«

Steve Kowalski grinste. »Laß man, vielleicht kriegst du auch so was Knuspriges, wenn du graue Haare hast.«

Malins starrte nachdenklich in sein Bier. »Ich habe einen Artikel in der *Times* gelesen. Sie soll ja eine Landsmännin von dir sein, Steve. Amerikanerin polnischer Herkunft.«

Kowalski schwenkte sein Sandwich. »Na klar! Gehört sich auch so.«

Malins sah Kenny an. »Glaubst du, die Briten kriegen einen Tritt in den Hintern, Hank?«

»Vielleicht, aber nur einen ganz kleinen.«

»Warum haben sie dann diesen Lord rübergeschickt?«

»Er ist kein Lord, nur ein Sir.«

»Meinetwegen auch das. Warum so viel Aufwand?«

Kenny sah auf. »Interessiert dich das offiziell, oder willst du dich nur an die hübsche Puppe ranmachen?«

»Tauschgeschäft gefällig?«

»Immer.«

»Okay, dann rufe ich dich morgen an. Gleich früh.«

Um acht meldete sich Krasin telefonisch bei dem Mann von der Werbeagentur. »Alles geht leichter mit Coca-Cola«, sagte die Stimme am anderen Ende der Leitung.

»Kontakt aufgenommen«, erklärte Krasin und legte auf.

Eine Stunde später war die Nachricht über Kurzwelle in Moskau angekommen. Andropow war bei den Allrussischen Schachendspielen, als sie ihn erreichte.

Hoult war schon drei Stunden in London, ehe er eine Gelegenheit hatte, Kontakt aufzunehmen. Er ging von der Wohnung in der Ebury Street aus zu Fuß zur Victoria Station und las die Kritzeleien in der dritten Telefonzelle. Da war es, zwischen den Lobeshymnen auf Arsenal und Queen's Park Rangers. »Junges Modell 01-087-4840.« Er drehte die letzten sieben Zahlen um, wählte und wartete.

»01-0484-780. Kann ich Ihnen helfen?«

»Ich bin in New York angesprochen worden. Ist es offiziell?«

»Ja, das geht in Ordnung. Gute Nacht.«

Er legte auf, dann trieb ihn irgendeine verrückte Eingebung, die richtige Nummer zu wählen.

»Sie ist wirklich bildschön«, sagte eine Mädchenstimme. »Fünf Große für eine Spezialbehandlung, alles inklusive. Wir sind in der Warwick Road, ganz dicht bei –.« In düsterster Stimmung legte Hoult auf.

Der Premierminister hatte die leitenden Köpfe der neu gegründeten Britischen Initiativgruppe – Rädelsführer nannte er sie – in die Downing Street gebeten, um mit ihnen über das der UNO vorgelegte Dossier zu sprechen. Auseinandersetzungen mit hartnäckigen Journalisten und Politikern war er nicht mehr gewöhnt. Die Medien wußten, daß allzu eingehende Fragen zu einer sofortigen Beendigung des Interviews zu führen pflegten. Und sie wußten auch, daß sie in solchen Fällen bei der nächsten Gebührenerhöhung oder dem nächsten Streik allein dastehen und ein paar Spezis des Premiers ernste Gesichter machen und über »alternative Managementstrukturen« reden würden.

Doch diese Besucher waren keine Spezis. Auch sie waren Politiker, alle drei, aber allem Druck gegenüber immun. Der eine war Anwalt für internationales Recht, die beiden anderen hatten Einkommen aus Auslandsinvestitionen. Er mußte Hart mal sagen, daß er ein paar Artikel über gewissenlose Bürger, die ihr Geld im Ausland anlegten, in die Presse lancieren sollte.

Während der Sprecher die Argumente umriß, sah der Premier seine drei Gesprächspartner an, ohne mit der Wimper zu zucken. Das war wichtig, wenn es darum ging, das Image unbeugsamer Entschlossenheit zu schaffen. Als er seine gepflegte Hand hob, um den Sprecher zu unterbrechen, war seine Stimme gedämpft, verständigungsbereit.

»Lassen wir mal einen Augenblick die Einzelheiten beiseite, Mr. Price-Waters. Haben Sie sich ernsthaft überlegt, welchen Schaden Sie unserem Land in den Augen der Welt zufügen?«

»Der Schaden ist längst angerichtet, Herr Premierminister. Und zwar durch Ihre Regierung. Wir haben keine freie Presse mehr, sie wird vom Arbeitsministerium gesteuert. Gesundheits- und Erziehungswesen lassen keine Privatinitiative mehr zu. Sie haben uns den Marxisten ausgeliefert, Herr Premierminister, und wir werden Ihnen das Handwerk legen.«

Der Premierminister zögerte einen Augenblick. Sein Instinkt riet ihm, dieses Gespräch sofort zu beenden. Aber diese Männer sahen aus, als könnten sie Erfolg haben. Sein politischer Ruf beruhte darauf, daß er eine Partei, die von der extremen Linken bis zu streng protestantischen Kreisen reichte, führte und zusammenhielt.

Er lächelte nachsichtig. »Was Sie sagen, läuft doch im Grunde darauf hinaus, daß Sie mit gewissen Gesetzen, die das Parlament verabschiedet hat, nicht einverstanden sind und sie ändern möchten. Das ist das gute Recht jeder demokratischen Bewegung. Aber dafür ist unser Parlament da, nicht die UNO.«

»Ihre Partei, Herr Premierminister, hatte einmal eine hauchdünne parlamentarische Mehrheit. Inzwischen stehen Sie einer Minderheitsregierung vor und haben extreme Gesetzesvorlagen durchgepeitscht, die das Land zerstören und spalten.«

»Das hört sich an wie eine aufgewärmte Version der Horrorgeschichte von den Roten unter dem Bett.«

»Sie sind nicht mehr unter dem Bett, sie sind *im* Bett, und es wird höchste Zeit, sie da wieder herauszuholen.«

Der Premierminister sah auf die Uhr. »Meine Herren, wir müssen uns bald wieder einmal treffen, aber jetzt habe ich leider noch andere Verpflichtungen.« Als sie gegangen waren, lächelte er, denn ihm war eine Lösung für das Problem eingefallen. Er würde einen Untersuchungsausschuß einsetzen. Das bedeutete mindestens ein Jahr Ruhe. Diesen Entschluß würde er in einem seiner berühmt gewordenen Fernsehauftritte ankündigen. Er sprach probeweise ein paar einleitende Sätze vor sich hin, während er mit dem Wagen in Richtung Paddington rollte. »Es gibt einige unter uns. . « Nein, besser: »Es gibt Elemente unter uns. . .« Vielleicht klang das »unter uns« zu behaglich. Vielleicht einfach: »Es gibt Elemente, die –« Dann stieg er in den Zug und wandte sich anderen Problemen zu.

9

Das Boot wiegte sich träge an dem schmalen hölzernen Anlegesteg. In der ersten Aprilwoche hatte es noch geschneit, der Fluß führte von Oxford bis Penton Hochwasser.

In der Kabine saßen sich zwei Männer gegenüber. Zwischen ihnen lagen dicke Aktenordner. Der Große war der derzeitige Leiter des SIS, der britischen Abwehr. Er war in jeder Beziehung ein großer Mann: Breite Schultern, große Hände, massiger Kopf mit dichtem, welligem grauen Haar. Er hatte den Mund leicht geöffnet, während sein Gegenüber den letzten Absatz eines getippten Berichtes vorlas. Dann machte er den Mund zu und sah aus dem Fenster. Ein Fischreiher hockte auf dem Warnschild vor der Schleuseneinfahrt.

»Die große Frage ist jetzt, ob wir den Bericht dem Premierminister so zeigen, wie er ist«, meinte er.

»Sehen Sie eine Alternative?«

»Wir könnten einiges mildern, die heiklen Stellen aussparen, oder wir könnten ihm sogar sagen, daß wir noch mehr Zeit brauchen.«

»Glauben Sie, er würde uns den Bericht so, wie er ist, vor die Füße werfen?«

»Nein, das ist nicht seine Art. Aber Sie müssen bedenken, daß diese Leute seine alten Spezis sind. Sie haben alle zusammen angefangen. Für ihn ist es unfaßbar, daß einer von ihnen versuchen könnte, das Land zum totalen Stillstand zu bringen. Und was wir hier festgehalten haben, ist ja noch kein Beweis dafür, daß sie ihn seit zwei Jahren als Marionette benutzen. Man erkennt deutlich, daß eine subversive Bewegung vorhanden ist, daß die Macht dem Parlament entgleitet und in die Hände von Einzelgruppen und Cliquen gerät. Aber man kann nicht behaupten, daß die gesetzlich vorgeschriebenen Wege dabei nicht eingehalten worden sind. Er kann dagegenhalten, daß diese Leute gewählt wurden, um Reformen durchzuführen, und daß es sich dabei um eben diese Reformen handelt.«

»Aber der angerichtete Schaden ist deutlich zu erkennen. Millionen verlorener Arbeitstage durch wilde Streiks, Angriffe auf die Presse selbst bei harmloser Kritik. Die Docks, die Bergwerke, die Elektrizitätswerke, praktisch alle Schlüsselpositionen in den Händen des Pöbels.«

»Das ist nur eine Auslegung, Jock. Es gibt andere. Und vielleicht möchte er es selber so haben.«

»Das glaube ich nicht. Ihm geht es vor allem darum, im Amt zu bleiben. Bei seiner letzten Wiederwahl mußte er viel Macht an die Linke abgeben, um sich ihre Unterstützung zu sichern. Er hat sich eingebildet, daß sie sich an die Regeln halten würden. Es war ein Irrtum. Sie haben sich nicht von ihm steuern lassen.«

»Irgend jemand hat mal gesagt: ›Die Inflation haßt jeder, aber alle sind sehr einverstanden mit den Verhältnissen, die sie ausgelöst hat.‹ Erzählen Sie mal dem Mann auf der Straße, daß wir praktisch schon eine Diktatur haben. Er wird Sie auslachen. Er hat mehr Geld und mehr Macht, als er je gehabt hat.«

»Was tun wir also?«

»Wir übergeben ihm den Bericht so, wie er ist. Dazu sind wir da.«

»Und erwarten ergeben den Rausschmiß?«

Der Große schüttelte lachend den Kopf, während er die Akten zuklappte.

»Nein, das brauchen wir nicht zu befürchten. Dazu sind wir zu unentbehrlich. Aber stellen Sie sich mal vor, wie ihm zumute sein muß. Wenn er jetzt nicht handelt, weiß er, daß seine Tage gezählt sind; die Machtübernahme steht kurz bevor. Wenn er entsprechende Schritte einleitet, wenn er ihnen die Flügel beschneidet, die Machtbefugnisse allmählich wieder nach Whitehall und Westminster verlagert, wo sie hingehören, bekommen sie ihn auch früher oder später zu fassen.«

»Sie meinen also, er kann im Grunde genommen gar nichts machen?«

Der Große seufzte. »Eins könnte er schon tun. Er könnte uns den Befehl zum Aufräumen geben. In zwei Wochen wäre der ärgste Dreck beseitigt, in einem halben Jahr wäre die Regierung wieder sauber. Es gibt genug Hinterbänkler, die gern bereit wären, ein Amt zu übernehmen. Er hätte mehr Freunde, als er jetzt hat. So, und jetzt gehen wir erst mal zum Essen.«

Hank Kenny hatte sein Tauschgeschäft mit Lew Malins getätigt. Zwei Tage später flog er nach London. Beim Zoll ging er durch den Ausgang für anmeldefreie Ware, wurde aber zu einer Stichprobenkontrolle angehalten.

Über die Schulter hatte er sich zwei Anzüge in Plastikhüllen gelegt, sonst hatte er nur noch eine mittelgroße Reisetasche bei sich. Der Zöllner untersuchte alles sorgfältig. Dann deutete er auf die Kamera, die Kenny um den Hals gehängt hatte.

»Was ist das für ein Apparat?«

»Eine Nikon F2S.«

»Wert?«

»Vor zwei Monaten habe ich knapp über fünfhundert Dollar dafür bezahlt.«

»Wo?«

»Cambridge Camera Exchange, Seventh Avenue, New York City.«

»Sie wissen, daß es verboten ist, Waren nach Großbritannien einzuführen?«

»Sicher, aber der Apparat ist ja sozusagen Eigenbedarf. Ich nehme ihn wieder mit zurück.«

Der Zöllner lächelte. »Alles klar.« Als Kenny sich wieder in Bewegung setzte, rief der Mann hinter ihm her: »Haben Sie Schlüssel in der Hosentasche?«

»Ja. Wieso?«

»Die geben Sie bitte mir, Sie bekommen sie auf der anderen Seite der Schranke zurück, sonst schlägt das Alarmsignal an. Eine Schutzmaßnahme gegen Flugzeugentführungen.«

Kenny reichte ihm die Schlüssel. So dumm, wie sie aussehen, sind die Briten eben doch nicht, dachte er.

Krasin nahm über das Büro des Premierministers mit Hoult Kontakt auf, und sie trafen sich im St. James Park. Bei ihrer ersten Fühlungnahme hatten sie Hoult nur um seine Ansicht zu ganz unwesentlichen Aspekten der anglo-sowjetischen Beziehungen gebeten. Einige Monate später hatten sie dann schon die Meinung anderer – des Kabinetts, der Opposition, des Premierministers – wissen wollen. Hoult hatte zwar nie besonders ausführlich berichtet, hatte aber mit seinen Auskünften doch einige sehr wesentliche Bausteine für die Puzzlespiele des KGB geliefert. Nie war auch nur angedeutet worden, er könne ihnen verpflichtet sein, und von den Vorfällen in Moskau war nicht die Rede gewesen.

Zum ersten Mal kompromittiert hatte er sich in einer ganz unbedeutenden Angelegenheit. Er hatte seinen Namen als Referenz für eine junge Frau hergegeben, die sich um einen Posten in der Visaabteilung der Paßstelle beworben hatte und schon die Empfehlungen eines Staatsbeamten und ihres Pfarrers vorweisen konnte.

Als sie ihn um Einsicht in ein Kabinettspapier gebeten hatte, hatte es sich nicht unmittelbar um britische Sicherheitsfragen gehandelt. Es ging um die Beurteilung der türkischen Marine durch das britische Marineministerium. Bei der Weitergabe der Studie des Generalstabs über mögliche alliierte Reaktionen auf eine Einnahme Berlins durch die Sowjets hatte er gewisse Skrupel gehabt, aber das Ereignis schien sowieso unwahrscheinlich. Die Informationen über die Chinesen sah er als unbedeutend an. Bei der Korrespondenz zwischen dem US-Präsidenten und dem Premier hatte er ernsthaft überlegt, ob er ablehnen sollte, aber als sie ihm eröffneten, was sie bereits wußten, hatte er sich gesagt, daß es kaum noch ins Gewicht fiel, wenn er ihnen den genauen Wortlaut lieferte.

Endgültig abgelehnt hatte er die Weitergabe der SIS-Studie über die derzeitigen KGB-Aktivitäten in Großbritannien. Vier Tage später hatte Jelena einen Brief von ihrer Mutter bekommen. Er war in der Nacht durch den Briefschlitz geschoben worden und trug weder Briefmarke noch Poststempel. Sie schrieb, daß man ihr die kleine Rente, die sie bezog, zu entziehen drohte, weil in den Moskauer Akten zwar die Verhaftung ihrer Tochter, aber kein gültiges Gerichtsurteil festgehalten war. Es sei alles ein Irrtum, hieß es in dem Brief, und würde sich bestimmt bald aufklären. Aber Jelena und Hoult hatten die Warnung begriffen. Hoult hatte den sowjetischen Botschafter angerufen, der ihm versicherte, die Angelegenheit würde sofort geregelt werden.

Das war jetzt ein Vierteljahr her. Seitdem hatten sie kaum noch etwas von Hoult verlangt. Seine Ablehnung war auf überraschendes Verständnis gestoßen, und Hoult hatte sich eine Weile wieder sicher gefühlt. Wahrscheinlich hatten sie begriffen, daß er sich für ihre Gefälligkeit mehr als revanchiert hatte.

Krasin berichtete Hoult über den neuesten Moskauer Klatsch, während sie auf der Bank unter einer der großen Ulmen saßen. Eine halbe Stunde später legte der Schauspieler ihm bittend die Hand auf die Schulter.

»Könntest du mir helfen, Jamie? Mir persönlich?«

»Kommt drauf an, Viktor.«

»Wir glauben, daß eure Geheimdienste dem Premier über die derzeitige politische Situation berichtet haben und daß dieser Bericht den Beziehungen zwischen unseren beiden Ländern schaden könnte. Wir müssen unbedingt wissen, welche Empfehlungen eure Leute ausgesprochen haben.«

»Das ist wohl kaum noch eine persönliche Bitte, Viktor...«

»Als damals die Sache mit dir und Jelena passierte, hat man mir die Schuld gegeben. Seitdem habe ich mich ziemlich mühsam durchschlagen müssen. Jetzt hat man mir diese Chance gegeben. Sie haben darauf bestanden, daß ich dich frage.«

»Ich habe den Eindruck, Viktor, daß deine Freunde in unserem Land zu schnell zu weit gegangen sind.«

»Steht das in dem Bericht?«

»Mehr oder weniger.«

»Und was geschieht jetzt?«

Hoult spürte, wie sich alle Konflikte seines Lebens in dieser Situation bündelten. Ohne Krasin hätte er Jelena nicht kennengelernt. Und ohne Jelena hätte es für ihn keine Ruhe, keinen Frieden und kein Glück gegeben. Alle sahen in seiner Beziehung zu ihr nur die Gier eines alternden Mannes nach jungem, straffem Fleisch. Niemand ahnte, welche Sicherheit ihm Jelenas Liebe gab. Bei ihr brauchte er nicht den Sieger zu spielen, sich nicht in hohlen gesellschaftlichen Trubel zu stürzen. Durch seine wachsende Gleichgültigkeit der Außenwelt gegenüber war er im letzten Jahr zu einer Objektivität gekommen, die von einflußreichen Männern bewundert wurde. Für sie war es Weisheit – aber er wußte es besser. Es war nicht schwierig, in den Bestrebungen der Sowjets auch Gutes zu sehen, denn es gab dieses Gute. Auch in England gab es Gutes, aber ebenso gab es in beiden Ländern auch Heuchelei und Mißstände. Was spielte es schon für eine Rolle, welche Wertvorstellungen überwogen? Ihm ging es nur darum, daß man ihn und Jelena in Ruhe ließ. Vaterländer, Glaube, Dogmen – das alles war für ihn nicht mehr wichtig.

Hoult sah die echte Sorge in Krasins Augen. Die späte Nachmittagssonne ließ die Falten in dem Gesicht des Schauspielers

tiefer erscheinen. Dies war der Mann, den er voller Bewunderung hatte Shakespeare und Wordsworth rezitieren hören. Aber es war auch der Mann, der sich ungezwungen in den düsteren, feuchten Kellergewölben der Ljubljanka bewegte.
»Die Geheimdienste haben gewisse Pläne vorgelegt. Den schriftlichen Bericht habe ich nicht gesehen.«
»Wirst du ihn zu sehen bekommen?«
»Wahrscheinlich.«
»Wirst du mich auf dem laufenden halten?«
Hoult stand auf. Die Spatzenschar, die sich um sie gesammelt hatte, flatterte auf. Er schüttelte den Kopf. »Das geht entschieden zu weit, Viktor. Damit mußt du es schon bei deinen anderen Freunden versuchen.«

10

Selbst an einem schönen Frühlingstag war die Ackers Row in Pimlico ein Anblick, der höchstens das Herz eines Abrißkommandos oder eines ehrgeizigen Stadtplaners höher schlagen ließ. Die Kommunalbehörden hatten die Straße vor zwölf Jahren zum Abriß verurteilt. Zweimal im Jahr wurde im Bauausschuß über die Sanierung diskutiert, immer mit dem gleichen Ergebnis. Die bei jeder Diskussion erneut gestiegenen geschätzten Baukosten wurden zur Kenntnis genommen, und man beschloß einstimmig, den Plan aufzuschieben, bis finanziell bessere Zeiten gekommen waren.
Inzwischen hatten sich hier die verschiedensten, mit kurzfristigen Mietverträgen ausgestatteten Geschäfte und Kleinbetriebe niedergelassen. Zwischen den stinkenden Räumen eines Händlers für Häute und Felle und einer Minifabrik für Autodachträger führte eine Doppeltür zu einer schrägen, kopfsteingepflasterten Rampe, diese wieder zu einem Büro, in dessen großen Spiegelglasscheiben das Schild »Layton Studios« prangte.
Der Empfangsraum war mit Grünpflanzen und einem Zierteich ausgestattet. An den Wänden hingen großformatige Vergrößerungen von Werbefotos. Hinter dem Empfangsraum lagen zwei Büros, ein großes Studio mit hoher Decke und zwei Dunkelkammern. Eine Stahltür führte von der zweiten Dunkelkammer zu zwei Schlafzimmern und einem großen holzgetäfelten Raum mit schwarzen Ledersesseln.
Dort saßen sich der Große von der SIS und die beiden Amerikaner gegenüber. Auf dem runden weißen Tisch standen Flaschen und Gläser. Zwar bestanden derzeit keine offiziellen

Kontakte zwischen SIS und der amerikanischen Botschaft, aber die inoffizielle Verständigung klappte gut und sparte stattliche Summen an Steuergeldern. Bei heiklen Themen bestand die stillschweigende Vereinbarung, zunächst hier zu einem Meinungsaustausch zusammenzukommen, ehe der Fall an die Spitzen der SIS oder den Direktor der CIA weitergegeben wurde.

Der Große hob lächelnd sein Glas. »Okay, Pete, legen Sie los.«

Der kleine, untersetzte Amerikaner saß auf der äußersten Sesselkante. »Mein Begleiter heißt Hank Kenny und arbeitet für uns in New York. Ich hätte ihn natürlich auch allein herschicken können, aber ich lege Wert auf die Feststellung, daß unsere ungeschriebene Regel in diesem Fall durchbrochen werden mußte. Der Direktor der CIA ist bereits informiert. Es handelt sich nämlich um eine Entdeckung, die wir in New York gemacht haben. Allerdings betrifft die Sache eure Leute. Deshalb wurde uns gesagt, daß wir Kenny mit Ihnen persönlich zusammenbringen sollten. So, und jetzt ist Hank am Zuge.«

Kenny fühlte sich in seinem blauen Geschäftsanzug und angesichts der Brisanz seines Themas denkbar unbehaglich.

»Wenn Sie gestatten, Sir... Vor einigen Tagen war ich mit einem Russen, einem gewissen Krasin, auf dem Weg ins UN-Gebäude. Auf den Stufen zum Haupteingang sah er einen Mann, den er offensichtlich gut kannte. Er ließ mich einige Minuten stehen, um diesen Mann zu begrüßen. Es handelte sich um Sir James Hoult, der in offizieller britischer Mission nach New York gekommen war.

Ich habe Sir James auch im Fernsehen gesehen, unter anderem einmal in Begleitung seiner Frau. Ich habe seine Frau wiedererkannt und bezweifele, daß sie das ist, was sie zu sein vorgibt.«

»Vielleicht können Sie ein bißchen deutlicher werden, Mr. Kenny? Gießen Sie sich doch noch einen Whisky ein. Und lassen Sie ruhig die Förmlichkeiten beiseite.«

»In *Who's Who* und allen anderen Nachschlagewerken«, fuhr Kenny fort, »ist ihr Mädchenname als Helen Mackay angegeben. In den Zeitungsartikeln heißt es, sie sei Amerikanerin polnischer Abstammung. Aber ich habe sie zum ersten Mal in Moskau gesehen, wo ich zwei Jahre lang stationiert war. Dort habe ich sie verschiedentlich mit Krasin zusammen beobachtet. Das ist der Russe, der mit Sir James Hoult gesprochen hat.«

»Sie haben vermutlich die Unterlagen geprüft?«

»Ja, Sir. Die Geburtsurkunde, die Steuerbelege und alle anderen Unterlagen, die vorgelegt werden müssen, um einen Paß zu bekommen, waren gefälscht. Wir haben den Fälscher aufgespürt. Er hat uns eine eidesstattliche Versicherung abgegeben.«

»Wie heißt die Dame also in Wirklichkeit?«

»Ich weiß es nicht, Sir. Fest steht nur, daß sie russische Staatsbürgerin war, als ich sie kennenlernte.«

Der Große kratzte sich nachdenklich am Kinn. »Was hatte dieser Krasin in Moskau für eine Funktion?«

»Er ist ein bekannter Schauspieler und wird häufig in Funk und Fernsehen beschäftigt. Außerdem ist er Oberstleutnant im KGB.«

»Haben Sie schon in Moskau Nachforschungen angestellt?«

»Nein, Sir. Meine Anweisungen lauteten, alle weiteren Recherchen bis zu meinem Gespräch mit Ihnen zurückzustellen.«

»Und wie interpretieren Sie Ihre Entdeckung, Mr. Kenny?«

Hank Kenny warf seinem Begleiter einen bittenden Blick zu, aber dieser reagierte nicht.

»Tja, Sir, bei großzügiger Auslegung der Tatbestände hat das Mädchen zumindest ihren Mann über ihre Nationalität getäuscht. Es ist natürlich auch denkbar, daß er Bescheid wußte, und sie beide ihre Umwelt täuschen wollten.«

»Warum?«

»Vielleicht, weil er keinen Vertrauensposten bekommen hätte, wenn bekannt geworden wäre, daß er mit einer Russin verheiratet ist.«

»Nein, Hank, das zieht nicht. Wir hatten einen Sowjetbotschafter in London, der eine Engländerin geheiratet hat. Seiner Karriere hat das nicht geschadet. Er wurde sowjetischer Außenminister.«

»Wenn seine Frau vorher die Geliebte eines Geheimdienstmannes gewesen wäre, hätte der Fall vielleicht anders ausgesehen.«

»Haben eure Leute eine Akte über Krasin?«

»Ja.«

»Haben Sie die Akte gesehen?«

»Ja, Sir. Es steht fest, daß er vom KGB den Auftrag hatte, sich um ausländische Diplomaten, besonders um Briten, Franzosen und Amerikaner, zu kümmern.«

»Was wollte Krasin in New York?«

»Er führte Vorgespräche über eine Gastspielreise des Leningrader Symphonieorchesters und einiger sowjetischer Solisten durch die USA.«

»Und Ihre Rolle?«

Kenny lächelte ein wenig. »Ich war zu seiner Unterstützung abgestellt.«

Der Große wandte sich an den zweiten Amerikaner. »Und wie ist die offizielle Meinung der CIA, Pete?«

»Wir glauben, daß Sie in der Tinte sitzen. In einer ziemlich dicken Tinte sogar.«

»Ist das Weiße Haus informiert?«

»Ja. Und deshalb sind wir hier, Matt. Mit Downing Street haben wir noch nicht gesprochen, dafür seid ihr zuständig. Aber ich habe Anweisung, Sie in jeder Weise zu unterstützen. Immer vorausgesetzt natürlich, daß ihr die Sache ernst nehmt.«

»Ich würde vorschlagen, Pete«, meinte Matthew Layton, »daß wir zunächst Downing Street noch nicht informieren. Geben Sie mir vierundzwanzig Stunden Zeit, um mich ein bißchen umzuhören, dann treffen wir uns wieder. Gleiche Zeit, gleiche Stelle.«

»Krasin ist heute früh in London angekommen.«

»Auch das noch! Gut, dann treffen wir uns schon heute abend um sechs. Alles wir gehabt. Einverstanden?«

»Okay, Matt.«

»Wo kann ich Sie erreichen?«

»In der Botschaft. Die Sekretärin des Botschafters weiß Bescheid.«

Layton lächelte vor sich hin. Er wußte bereits, daß Pete Maddox in dem »sicheren Haus« der CIA in Hampstead abgestiegen war.

Die beiden Amerikaner mußten am Abend eine halbe Stunde auf Layton warten. Als er endlich kam, hatte er einen großen braunen Umschlag bei sich.

»Schauen Sie sich bitte zunächst diese Bilder an.« Er nahm vier Vergrößerungen aus dem Umschlag und legte sie nebeneinander auf den Tisch.

Hank Kenny prüfte sie sorgfältig. Dann sah er Layton an. »Die erste, zweite und vierte Aufnahme zeigt meiner Meinung nach Lady Hoult, bei dem dritten Bild bin ich mir nicht sicher. Die Augen sind anders.«

Layton nickte. »Stimmt genau. Auf dem dritten Foto ist Anita Ekberg, da war sie etwa so alt wie Lady Hoult jetzt ist.« Er wandte sich an den älteren Amerikaner. »Ich habe rasch einmal prüfen lassen, was Hoult an der Öffentlichkeit über die Russen hat verlauten lassen. Dinnerreden, Interviews in Funk, Fernsehen und Presse und dergleichen. Alles in allem hat er sich ihnen gegenüber eher kritisch als wohlwollend geäußert.«

»Wundert Sie das? Die wirklich wichtigen Leute machen das alle so. Er wäre schön dumm, wenn er an die große Glocke hängen würde, was er wirklich vorhat.«

»Das ist wahr. Und was hat er Ihrer Meinung nach vor?«

»Da gibt es viele Möglichkeiten. Schlimmstenfalls ist er ein Agent, der ihnen sämtliches Material beschafft, das sie verlangen. Zweitens wäre es denkbar, daß er nur seinen Einfluß ausnutzt, um gelegentlich ein gutes Wort für sie einzulegen, wenn eine Entscheidung auf der Kippe steht. Drittens kann es sein, daß er ihnen nur hier und da einen guten Tip gibt.«

»Wenn aber nun keine dieser Möglichkeiten zutrifft? Vielleicht war es nur Ehrgeiz, vielleicht wollte er nur nicht auf seinen einflußreichen Posten verzichten. In ein, zwei Jahren ist ihm ein Aufstieg ins Oberhaus sicher...«

»Wenn das hier so weitergeht, Matt, gibt es – und das wissen Sie ganz genau – in ein, zwei Jahren kein Oberhaus mehr. Aus unseren Berichten geht hervor, daß der kritische Punkt bei euch fast erreicht ist. Hoult besitzt eine Schlüsselposition, er hat großen Einfluß auf den Premierminister. Um so einen Mann reißen sich doch die Russen! Er war drei Jahre in Moskau, ist mit einer Russin verheiratet, die jung genug ist, um seine Tochter zu sein, und von der wir wissen, daß sie eng mit einem zur Diplomatenbetreuung eingesetzten KGB-Mann liiert war. Es tut mir leid, Matt – aber die Sache stinkt drei Meilen gegen den Wind.«

»Ich habe Anweisungen gegeben, daß in Moskau recherchiert wird. Die Ergebnisse erwarte ich noch heute abend.«

»Warum greift ihr euch eigentlich nicht Krasin? Der muß doch wissen, was gespielt wird.«

»Das gäbe einen entsetzlichen Skandal.«

»Nicht so entsetzlich, als wenn ihr euch Hoult vornehmen müßtet oder als wenn er sich rechtzeitig nach Moskau absetzen würde. Ich brauche euch wohl nicht zu erzählen, was hier los ist. Galoppierende Inflation, eineinhalb Millionen Arbeitslose und Streiks am laufenden Band. Mehr öffentliche und private Gewalttätigkeit als in jedem anderen Land Europas. Sympathisanten in allen strategisch wichtigen Stellen bei den Gewerkschaften und im politischen Leben. Eine vor Angst schlotternde Presse. Und der Mann auf der Straße werkelt weiter in seinem Gärtchen und tut, als ginge ihn das alles nichts an. Wenn das Chaos sich noch weiter verschlimmert, schlagen sie zu. Sie rufen Moskau zu Hilfe, und damit ist die Sache gelaufen.«

Layton fand keinen Trost in der Überlegung, daß der Amerikaner nur das aussprach, was seit einem Jahr in seinen Berichten stand. Die Politiker wollten es nicht hören, er predigte seit langem tauben Ohren.

»Ich bleibe noch ein bißchen hier, Pete. Sobald sich etwas tut, melde ich mich.«

»Okay, Matt. Aber denken Sie daran – wir sind jederzeit für Sie da. Offiziell oder inoffiziell, ganz wie Sie wollen...«

Der Engländer tat Pete Maddox leid. Seit Kriegsende ging es abwärts mit den Briten. Das alte Empire hatte sich in Wohlgefallen aufgelöst, ein völlig neues Rassenproblem war entstanden, die Wirtschaft taumelte von einer Pleite in die andere, und sie hatten nicht genug Kraft, sich mit dem Problem auseinanderzusetzen. Er konnte sich vorstellen, wie schwierig es in einer solchen Situation war, Chef des SIS zu sein. Da mußte über Subversion berichtet werden, die von den Vorgesetzten als Zeichen der Demokratie angesehen wurde, über Gewalttätigkeit, die als »Volkswille« galt, über eine absichtliche und rücksichtslose Zerschlagung der Wirtschaftsstruktur, die unter dem Begriff »Umverteilung der Güter« lief. Vielleicht verdienten sie nichts besseres als die Russen. Aber galt das auch für die Vereinigten Staaten? Und die würde die Sowjetunion anschließend aufs Korn nehmen. Seit dem Ende der Vietnam-Tragödie hatten die Verbündeten der USA angefangen, ihr Russisch aufzupolieren. Seine längsten Schatten hatte das Dominoprinzip über Amerikas europäische Alliierte geworfen. Jetzt war sich jeder selbst der Nächste.

Als Krasins Gespräch mit Hoult nach Moskau berichtet worden war, hatte Andropow vor Wut geschäumt. Zwei Stunden später waren Solowjew und eine Begleitmannschaft am Flughafen. Gefrühstückt hatten sie schon in Paris. Vier flogen weiter nach Dublin, zwei fuhren mit Solowjew nach Calais. Am frühen Nachmittag landeten sie als Tagesausflügler in Dover. Örtliche Parteimitglieder standen bereit, um an ihrer Stelle die Rückfahrt anzutreten. In dem Haus in Twickenham warteten sie, bis die vier aus Dublin mit der Fähre eingetroffen waren. Alles war glattgegangen.

Krasin hatte gegen Vorauszahlung von drei Monatsmieten ein kleines Haus in Mayfairs Queen Street gemietet. In Zweiergruppen begaben sie sich nach Anbruch der Dunkelheit dorthin. Solowjew schritt mit Krasin die Umgebung ab und machte sich mit den Straßen und Plätzen vertraut. Am nächsten Morgen durften alle bis halb sieben schlafen.

Nach dem Frühstück – Kaffee und Brötchen – schlossen Solowjew und Krasin die große Flügeltür, die den Wohn- vom Eßraum trennte, und setzten sich an den gläsernen Couchtisch. Solowjew ließ sich noch einmal über Krasins Gespräch mit Hoult berichten. Aber es bestand kein Zweifel daran, daß Hoult nicht bereit war, ihrer Forderung nachzukommen.

»Haben Sie einen Vorschlag, Krasin?« fragte Solowjew gereizt.

»Ehe ich dazu etwas sage, möchte ich erst hören, wie Moskau darüber denkt«, antwortete Krasin zurückhaltend.

»Der Bericht wird in den nächsten drei Tagen benötigt. Wir haben schon andere Möglichkeiten versucht, aber die SIS-Leute haben alles dichtgemacht. Hoult ist unsere einzige Hoffnung. Wie bringen wir ihn dazu, daß er mitzieht?«

Krasin wußte, was hinter dieser Frage stand. Trotz des freundlichen, sonnigen Wetters fröstelte er plötzlich. Er warf Solowjew einen scharfen Blick zu. »Woran denkt man in Moskau?«

»An seine Frau. Wir könnten sie entweder entführen oder drohen, sie zu beseitigen.«

Krasin machte ein ungläubiges Gesicht. »Wenn wir sie umbringen würden, könnten wir ebensogut gleich zurückfliegen. Wenn seiner Frau etwas passiert, Solowjew, wird Hoult auspacken, und dann wären unsere Leute hier erledigt.«

»Dann müssen wir sie eben entführen.«

Krasin biß auf seinem nikotinverfärbten Daumen herum und versuchte, sich zu konzentrieren. Aber Solowjew unterbrach seinen Gedankengang. »Wie würde er Ihrer Meinung nach darauf reagieren?«

Krasin tat, als habe er nicht gehört. Langsam ging er zum Fenster. Auf der anderen Straßenseite war ein Schaufenster, in dem bunte Kleider und Blusen ausgestellt waren.

In den letzten zwanzig Jahren waren durch seine Schuld Menschen ins Gefängnis geworfen, gefoltert und in einigen Fällen ermordet worden. Manchmal Bekannte, ja, aber nie Freunde. Jelena zu ermorden – das war für ihn ein gleichsam undenkbarer Gedanke. Und doch wußte er, daß dieser Schritt durchaus im Bereich des Möglichen lag, wenn Moskau sich davon schnelle Erfolge versprach. Er konnte sich einfach nicht konzentrieren, ließ sich immer wieder von Nebensächlichkeiten ablenken. Er wandte sich wieder zu Solowjew um – und da kam ihm die rettende Idee.

»Ich würde zu größter Vorsicht raten, wenn es um Jelena

geht. Wenn ihr etwas geschieht, haben Sie ihn endgültig gegen uns.«

»Wie kommen Sie darauf?« meinte Solowjew, sichtlich unbeeindruckt.

»Wenn wir seine Frau töten, besteht für ihn kein Anlaß mehr, uns zu helfen. Und wenn wir sie entführen, würde er nur eins im Kopf haben – uns zu zerstören. Die Moskauer Affäre eignet sich meiner Meinung nach nicht als Druckmittel. Er hat keinen ernst zu nehmenden Versuch gemacht, seine Beziehung mit Jelena in Moskau zu vertuschen. Und seinerzeit hat er uns gesagt, daß er uns von Anfang an durchschaut hatte. Er hat sich benommen, als habe er nichts zu verlieren. Ich glaube, es hätte ihn völlig kalt gelassen, wenn wir ihn bloßgestellt hätten. Und es muß uns daran liegen, uns seine Unterstützung auch über diesen Bericht hinaus zu sichern. Denn noch sind wir ja nicht am Ziel.«

Solowjew zuckte ungeduldig die Schultern. »Was schlagen Sie also vor?«

»Daß wir seine erste Frau, Adèle de Massu, kidnappen.«

Solowjew starrte ihn entgeistert an. Eine Weile blieb es ganz still. Dann fragte er: »Glauben Sie, daß ihm an ihr mehr liegt als an Jelena?«

»Ganz und gar nicht. Aber wenn wir das Mädchen ins Spiel bringen, wird er wild. Bei Adèle appellieren wir an sein schlechtes Gewissen, wecken sein Verantwortungsgefühl.«

Auf Solowjews Zügen stritten sich Zweifel und Überraschung. Krasin geriet langsam in Schwung.

»Seine Verantwortung Menschen gegenüber, die seiner Obhut anvertraut sind, nimmt er sehr ernst. Das war auch bei Jelena so. Hier geht es um eine Frau, die er ohne triftigen Grund, nur aus selbstsüchtigen Motiven, verlassen hat. Und jetzt ist sie in Gefahr – seinetwegen. An Jelena ist er emotional gebunden. Wenn wir ihr etwas tun, reagiert er nur mit Zorn und Wut. Bei Adèle liegt die Sache anders. Natürlich wird er ihr helfen wollen, aber erst nach ruhiger, wohlabgewogener Überlegung. Und in dieser Verfassung würde er meiner Meinung nach wahrscheinlich mit sich reden lassen.«

Solowjew musterte Krasin scharf. »Wenn Moskau einverstanden ist, müßten Sie die Sache in die Hand nehmen.«

Krasin nickte seufzend. »Ich weiß, was auf mich zukommt, Genosse.«

Der Premierminister hätte eigentlich längst schlafen sollen. Statt dessen saß er hier, um sich anzuhören, was Layton ihm zu sagen hatte. Ein sonderbarer Mann, dieser Layton. In seinen Berichten hielt er mit Kritik an der Gesetzgebung, an Neuernennungen, an Kollegen und Mitarbeitern des Premiers nie zurück, und doch schien ihn das alles innerlich kalt zu lassen. Nie war ihm Enthusiasmus, Engagement anzumerken. Selbst seine Kritik war eigentlich immer nur eine sachliche Stellungnahme. Wie so viele seines Typs war er von Eton, Oxford und der Army geprägt. Sie sahen träge aus, diese Männer, und wirkten fast langweilig, aber man hatte immer das unangenehme Gefühl, daß sich hinter der unscheinbaren Fassade ein erbarmungslos scharfer Beobachter verbarg. Der Regierungschef nahm einen Schluck Milch und zerbröselte langsam seinen Verdauungskeks, während er den Bericht las. Schließlich sah er auf. Layton stellte fest, daß sein Gesicht blaß war wie schmutziger Plätzchenteig, mit dem ein Kind herumgespielt hat. Der Premier schob die Blätter über die polierte Tischplatte.

»Ich habe mit meinem Stellvertreter, dem Außenminister und dem Justizminister gesprochen. Sie sind der Meinung, daß Sie weitermachen sollten.«

Layton wartete einen Augenblick. Dann fragte er leise: »Und Sie, Sir?«

»Ich schließe mich ihrer Ansicht – wenn auch schweren Herzens – an. Aber ich stelle eine Bedingung. Niemand wird verhaftet oder unter Anklage gestellt, bis Ihr Material den Oberstaatsanwalt davon überzeugt hat, daß er den Fall vor Gericht bringen und – den Prozeß gewinnen kann.«

Layton verlagerte sein Gewicht, und der Sessel knarrte protestierend unter ihm. »Damit können wir uns nicht einverstanden erklären, Sir. Auch gegen Philby hätten wir keine hundertprozentigen Beweise beibringen können.«

»Sie verlangen also freie Hand?«

»Nein, Sir. Es sollte genügen, wenn wir dem Oberstaatsanwalt Material vorlegen können, das ihn und den Justizminister davon überzeugt, daß die Verhaftung gerechtfertigt war.«

Der Premierminister schwieg. Layton lehnte sich vor und sagte mitfühlend: »Dann kann nämlich hinterher niemand behaupten, daß besondere Bedingungen gestellt wurden, daß es Vorurteile oder Bevorzugung gegeben hätte. Das könnte später wichtig sein.«

Der Premierminister schob die Kekskrümel auf dem Teller zu einem kleinen Häufchen zusammen. Langsam sah er auf. »Sie haben vollkommen recht, Layton. Wir müssen auch an die Zukunft denken. Treffen Sie die nötigen Maßnahmen.«

Er stand schwerfällig auf, das rundliche Gesicht hatte wieder etwas Farbe bekommen. Wer weiß, vielleicht war er danach doch noch im Amt – der starke Mann, der Ritter ohne Furcht und Tadel. Er nickte dem SIS-Mann verabschiedend zu und klingelte nach seinem Sekretär.

Nachdem Moskau grünes Licht gegeben hatte, flog Krasin über Amsterdam nach Paris. Er nahm ein Taxi zum Quai St. Michel und ging langsam bis zur Rue des Ecoles. Vor der Larousse-Buchhandlung blieb er einige Minuten stehen und betrachtete das Standbild von Montaigne, dann drehte er sich um und betrat das Geschäft. Zehn Minuten später kaufte er ein Exemplar von Servan-Schreibers *Amerikanische Herausforderung* und schwatzte noch ein bißchen mit dem jungen Mann, der das Buch kassierte. Noch ehe Krasin das Geschäft verlassen hatte, griff der junge Mann zum Telefon.

Eine halbe Stunde später schlenderte Krasin über den stillen Innenhof der Sorbonne. An der Galerie Richelieu kam ein Mädchen aus einem der Klassenzimmer und reichte ihm mit belustigtem Lächeln einen Schlüssel. Er bedankte sich und ging davon.

Krasin wandte sich wieder in Richtung Fluß. An der Ecke der Rue de la Huchesse blieb er stehen und sah hinüber zur Ile de la Cité, wo Notre Dame ihre abendlichen Schatten über die Seine warf. Doch der Anblick des filigranzarten Maßwerks und der mächtigen Strebepfeiler ließ ihn kalt. Der Gesamteindruck der Kathedrale war eher düster und unheilverkündend, was ihn unliebsam an den Zweck seines Parisbesuchs erinnerte.

Er bog in die Rue de la Huchesse ein. Fast direkt gegenüber der Diskothek sah er die schwere Holztür. Während er aufschloß, stieg ihm aus der danebenliegenden Patisserie der warme Duft von siedendem Zucker und Karamel in die Nase. Die schmale Treppe führte hinauf zu einem Gang, von dem eine Reihe weiß gestrichener Türen abging. Er öffnete die zweite. Die Abendsonne fiel in einen großen Wohnraum mit schönen Möbeln und limonengrünem Teppich.

An den Wänden hingen moderne Drucke, das Zimmer wirkte hell und heiter. Es war eins der »sicheren Häuser« des KGB in Paris. Normalerweise wohnte hier der junge Mann aus der Buchhandlung mit seiner Freundin aus der Sorbonne.

Krasin setzte sich, griff nach dem Telefon und wählte die Sondernummer der Botschaft. Das Gespräch wurde auf Ukrainisch geführt, Namen wurden nicht genannt. Die Einladung war angenommen, die erforderlichen Vorbereitungen waren getroffen worden.

Im Maison de la Radio gab es ein Konzert vor geladenen Gästen, und danach hatte die russische Botschaft fünfzig Zuhörer zu einem Empfang gebeten. Igor Oistrach hatte seit dem Tod seines Vaters nicht mehr öffentlich in Paris gespielt. Heute abend hatte er seinem Publikum das Violinkonzert von Glasunow und als Zugabe sein eigenes Arrangement des Bach-Arioso geboten. Sie wollten ihn gar nicht wieder weglassen, aber dann war er doch mit einer letzten lächelnden Verbeugung hinter dem Samtvorhang verschwunden.

Die Polizei lenkte die Wagenauffahrt vor der Botschaft. Als der Mercedes vorfuhr, half Krasin Adèle aus dem Auto. Der Botschafter unterhielt sich lange mit ihr, er machte sie mit dem Solisten und den führenden Orchestermitgliedern bekannt und verschaffte ihr Autogramme der Künstler für ihr Programmheft. Krasin stand höflich neben ihr und versorgte sie mit Sekt und Canapés, während sie mit den Berühmtheiten und mit ihren Bekannten plauderte. Auch Krasin wurde von verschiedenen Seiten begrüßt.

Es war fast Mitternacht, als sie über den Place d'Etoile gingen. Es war noch viel Verkehr, und sie versuchten vergeblich, ein Taxi heranzuwinken. Adèle hatte sich bei ihm eingehakt, und als sie unter einer der verschnörkelten Straßenlaternen stehenblieben, legte er einen Arm um sie.

»Komm mit zu mir, dort können wir uns noch ein bißchen unterhalten.«

Sie zögerte nur kurz. »Gern. Wir haben uns lange nicht mehr gesehen.«

Endlich erwischten sie doch ein Taxi, das sie an der Place St. Michel absetzte.

Sie wirkt noch sehr jugendlich, stellte er fest. Dabei mußte sie über vierzig sein. Er hob sein Glas. »A toi, Adèle, jusqu'au bout de ma vie.«

»Du hast dich nicht geändert, Viktor«, lachte sie. »Immer noch der unverbesserliche Charmeur.«

Er nickte. »Wie geht es dir?«

Sie zuckte die Achseln. »On existe, Viktor, on existe.«

»Kein neuer Ehemann in Sicht?«

Sie schüttelte traurig den Kopf. »Bedaure, nein...«

»Aber sicher viele Verehrer?«

»Einige. Aber es sind nur gute Freunde.«

»Und der Schmerz ist noch da?«

»Es ist mehr Bedauern als Schmerz.«

»Was bedauerst du? Den Verlust deines Mannes? Oder deines früheren Lebens?«

Sie seufzte. »Wir sitzen da wie zwei feindliche Generäle, die nach dem Krieg ihre Erinnerungen austauschen.«
»Ich war nie dein Feind, Adèle, bitte glaub mir das.«
»Vielleicht nicht bewußt, obgleich ich auch da nicht so sicher bin. Du warst der Auslöser, Viktor.«
»Er fehlt dir noch?«
Er sah die Tränen in ihren Augen.
»Natürlich fehlt er mir, aber was mich besonders schmerzt, ist meine Dummheit.«
Er zündete Zigaretten an. »Erzähle!«
»Es tut mir bitter weh, daß ich ihn erst dann wirklich verstanden habe, als es zu spät war. Vielleicht sagen das alle geschiedenen Ehefrauen, aber in meinem Fall stimmt es. Alles wäre leichter, wenn ich die Gekränkte spielen könnte, aber das wäre ungerecht, denn ich war blind und dumm.« Sie stellte seufzend ihr Glas ab und sah Krasin an. »Selbst das stimmt nicht, Viktor. Ich glaube, insgeheim habe ich es die ganze Zeit gewußt. Aber ich habe getan, als merkte ich es nicht. Die Trennung hat wehgetan, sie tut noch immer weh. Aber er hat viel mehr gelitten, unser ganzes gemeinsames Leben lang.«
Krasin hörte schweigend zu, und sie fuhr – fast im Selbstgespräch – fort: »Jamie ist ein typisches Beispiel dafür, daß die Umwelt das Leben eines Menschen zerstören kann. Er hatte nie eine Wahl. Von Anfang an haben ihn andere Menschen oder die Umstände in eine Rolle gedrängt. Nie konnte er selbst entscheiden, immer schien der nächste Schritt unvermeidlich. Und er hat immer sein Bestes gegeben. Er hatte immer Erfolg. Ohne den Krieg, ohne mich wäre vielleicht alles anders gekommen.«
Krasin schenkte ihr nach. Sie fröstelte ein wenig. »Er hat keine besonders gute Ausbildung gehabt und hatte auch später keine Möglichkeit, sich weiterzuentwickeln. Er mußte Soldat werden – und er wurde ein guter Soldat. Später ging er in die Militärverwaltung und blieb auch dort ein halber Soldat. Er heiratete mich, und die Familie machte einen Bankier aus ihm. Niemand fragte ihn danach, was er werden wollte, er hatte ja keine Qualifikationen. Und weil er stets sämtliche Hürden im ersten Anlauf nahm, setzten wir als selbstverständlich voraus, daß er mit seinem Schicksal zufrieden war. Er hatte Mut, viel Mut, aber wir haben ihn mit tausend Trivialitäten zermürbt. Er muß sich während der Zeit unserer Ehe ständig wie ein Zirkustier vorgekommen sein, das sich brav in die Manege stellt, um seine Nummer abzuziehen. Wie oft hat er gesagt, daß ihm der gesellschaftliche Trubel zuwider war. Ich habe das nie ernst ge-

nommen, weil ich Spaß daran hatte.«

Sie kippte den Brandy herunter. Das Glas klirrte leise, als sie es abstellte. Sie lehnte sich zurück. »Hast du ihn inzwischen mal gesehen, Viktor?«

»Ja, Adèle. Ich habe ihn kürzlich in New York getroffen und vor ein paar Tagen in London.«

»Wie geht es ihm?«

Er zögerte, und sie lachte bitter auf. »Die Wahrheit, Viktor!«

»Ich glaube, daß er glücklich ist«, sagte er leise. »Es ist schwer zu sagen.«

»Und du? Wie hast du überlebt?«

»Ich bin vielleicht nicht gerade der Lieblingssohn der Partei, aber ich komme schon durch.«

»Und wer ist die derzeitige Dame deines Herzens? Kenne ich sie?«

Er schüttelte den Kopf. »Hier und da eine Gespielin, aber mehr ist nicht drin.«

Sie lächelte. »Und jetzt muß ich gehen, Viktor. Es ist spät geworden.«

Er sah sie an. »Das geht leider nicht.«

»Was soll das heißen, Viktor?«

Die sanften braunen Augen musterten sie, wie schon einmal zuvor damals in der britischen Botschaft in Moskau.

»Wir haben ein Problem mit Jamie, Adèle. Und wir werden dich als Druckmittel benutzen müssen. Es tut mir leid, und ich versichere dir, daß dir nichts geschehen wird. Aber du wirst vorläufig hierbleiben müssen.«

Ihr Gesicht war weiß geworden. »Du willst mich benutzen, um Jamie zu drohen?«

»Genauso ist es.«

Einen Augenblick war sie wie versteinert. Dann vergrub sie das Gesicht in den Händen und fing an zu schluchzen. Nach einer Weile hob sie das nasse Gesicht zu Krasin auf. »Warum mich? Warum nicht Jelena?«

»Weil er bei ihr spontan reagieren würde, ohne Nachdenken. Über dich wird er nachdenken. Und wir glauben, daß er uns helfen wird.«

Sie wiegte sich hin und her in ihrer Verzweiflung und schauerte zusammen wie ein weinendes Kind. »Mein Gott, wie er uns alle hassen muß.«

»Ich glaube nicht, daß er hassen kann, Adèle.«

»Dann wird er es jetzt lernen. Das Leben mit Jelena ist ihm gewiß sehr kostbar. Er ist ja nicht mehr jung. Stammt diese

Idee von dir, Viktor?«
»Ja. Die Alternative wäre sehr viel schlimmer gewesen.«
»Und du erwartest, daß ich um unserer alten Freundschaft willen mitmache...«
»Es steht sehr viel auf dem Spiel, Adèle. Es geht um dich, um Jamie, um mich und –« Er brach ab.
»– und um Jelena.«
»Ja.«

11

Layton hatte die Ergebnisse der Zusammenarbeit zwischen SIS und Oberstaatsanwaltschaft ausführlich mit den Beteiligten durchgesprochen. Jetzt war der Justizminister eingetroffen, um über den ersten Teil der SIS-Operation zu entscheiden. Er hatte die Akten durchgesehen und hatte eine schwierige Unterhaltung mit dem Premier hinter sich, der plötzlich wieder Bedenken vorgebracht hatte.
Sir Lincoln Evans war seit 1960 Abgeordneter für einen Wahlkreis in den Midlands. Sein Sitz war ihm so sicher, daß er gegen Druck aus Wähler- und Abgeordnetenkreisen praktisch immun war. Er war immer bereit, sich andere Meinungen anzuhören, hielt sich aber im allgemeinen genau an die Regeln. Als Mitglied einer alten Anwaltsfamilie gab es für ihn keinen Zweifel daran, auf welche Seite er gehörte: Auf die Seite des Rechts. Sein Ton war manchmal schroff, und er hegte offensichtlich den Verdacht, daß Unkenntnis juristischer Zusammenhänge entweder Absicht oder ein Zeichen geringer Intelligenz war. Einige fürchteten, wenige haßten ihn, aber alle, die in der Gesetzgebung und Rechtsprechung des Landes tätig waren, wußten, daß sie es mit einem durch und durch lauteren Charakter zu tun hatten.
»Ich habe die Unterlagen nach der Wichtigkeit geordnet, Mr. Layton. Nicht nach der Wichtigkeit im Hinblick auf den Sicherheitsaspekt, sondern nach der Wichtigkeit der Hauptakteure. Schauen wir mal, was wir haben. Einen Spitzenmann des TUC, des britischen Dachverbandes der Gewerkschaften. Zwei Kabinettsminister. Einen persönlichen Berater des Premierministers. Am besten nehmen wir sie uns in dieser Reihenfolge vor.« Er hielt einen Augenblick inne, als warte er auf die Zustimmung seiner Gesprächspartner. Aber diese schweigen.
»Frank O'Hara. Mitglied des TUC-Rates. Sekretär einer der größten Gewerkschaften des Landes. Mitglied der Kom-

munistischen Partei seit dem Spanischen Bürgerkrieg. Wenn das schon belastend wäre, Layton, säße das halbe Kabinett, ja, die halbe Labour Party im Gefängnis. Schriftliche Beweise, daß er über die Tschechische Botschaft zweitausend Pfund monatlich erhalten hat. Seit wann ist so was strafbar? Als ich hier als Rechtsanwalt arbeitete, bekam ich ein stattliches Beraterhonorar von der polnischen Regierung. Bin ich dadurch zum Verdächtigen geworden?«

»Ist dieses Honorar an Sie in bar auf einer Brücke im St. James Park, am Leicester Square und in einem Pornoshop in Victoria Station übergeben worden?«

Evans schüttelte den Kopf. »Bedaure. Das mögen ungewöhnliche, vielleicht sogar verdächtige Methoden sein. Aber verboten ist das nicht. Weiter führen Sie Gespräche mit KGB-Offizieren an. Wissen Sie, was ein Verteidiger aus diesem Vorwurf machen würde? Nein? Dann will ich es Ihnen sagen. Er würde von Ihnen Beweise verlangen, daß es sich tatsächlich um KGB-Mitarbeiter handelte. Und wenn es Ihnen gelänge, diesen Beweis zu führen, würde er Sie fragen, warum die Leute noch immer hier ihr Unwesen treiben. Falls Sie die KGB-Männer ebenfalls verhaften, kommt es zu einem internationalen Zwischenfall, und dann sind wir geplatzt.« Er streckte die Arme, als müßte er eine Anwaltsrobe zurechtschütteln. »Sie sprechen von den durch Streiks seiner Gewerkschaft verlorengegangenen Arbeitstagen. In den meisten Fällen handelt es sich um wilde Streiks, er wird also sagen, er sei von Anfang an dagegen gewesen. Dann die Rundfunkreden, in denen er die Streikenden in Schutz nahm. Unbrauchbar. Natürlich muß er sie in Schutz nehmen. Mag sein, daß er subversive Gründe dafür hatte, aber sein Verteidiger wird darauf hinweisen, daß er mit den Arbeitern ja auch nach Beendigung des Streiks zurechtkommen muß. Er wird dafür bezahlt, ihre Interessen zu schützen, selbst wenn er nicht derselben Ansicht ist wie sie.« Er schob die Akte zur Seite. »Nein, der ist nicht vielversprechend, Layton.«

»Er hat sich gestern mit einem KGB-Major getroffen. In der Tate Gallery.«

»Und?«

»Wir haben den KGB-Mann später verhaftet. Er hatte Dokumente bei sich, die die nationale Sicherheit gefährden. Einen Plan zur totalen Arbeitsstillegung in den Midlands. Einen Plan für den Streik der Gewerkschaft für Druck und Papier, der das Erscheinen der überregionalen Tageszeitungen verhindert hätte. Eine Liste von Parlamentsabgeordneten, die bereit sind, mit

den Gewerkschaften zusammen einen Antrag zur Auflösung des Parlaments zu unterschreiben.«
»Warum wurde mir das nicht gesagt?«
»Wir haben unsere Untersuchungen gerade erst abgeschlossen.«
Evans lehnte sich zurück und heftete seine blaßblauen Augen auf Layton. »Es war riskant für Sie, sich den KGB-Mann zu schnappen. Sie haben ihn auf Verdacht hochgehen lassen, nicht aufgrund von Beweismaterial?«
»Wir sahen, daß Schriftstücke ausgetauscht worden sind.«
»In welcher Form?«
»Ein Stück Mikrofilm. Er lag in einem Katalog.«
»Haben Sie schon etwas gegen die beiden Minister unternommen?«
»Nein, sie werden nur rund um die Uhr observiert.«
»Und Sir James Hoult?«
»Desgleichen.«
»Der Fall Hoult ist meiner Ansicht nach äußerst heikel. Er hat seine Kollegen über die Nationalität seiner Frau getäuscht. Er hat offenbar absichtlich die Geheimdienstler in die Irre geführt. So etwas würde zweifellos seine Entlassung rechtfertigen, aber ich möchte meinen, daß es dabei mehr Wirbel geben würde, als die ganze Sache wert ist.« Aber in seiner Stimme schwang eine leise Frage.
»Wir halten es für möglich, daß von ihm Unterlagen an die Sowjets weitergegeben wurden.«
»Das behaupten Sie auch von den Ministern.«
»Es kommen nur diese drei Personen in Frage. Und wir tippen auf Hoult.«
»Warum?«
»Wir wissen seit langem, daß es ziemlich hoch oben in der Regierung undichte Stellen geben muß. Bis wir die Information über Hoults Frau bekamen, richtete sich der Verdacht gegen die Minister, da die Themen, um die es ging, ihre Ressorts betrafen. Hoult hat zu allen Unterlagen ebenso unbeschränkt Zugang wie der Premierminister. Er könnte den Sowjets alles beschaffen, was sie verlangen.«
»Er hat nie einen prosowjetischen Eindruck gemacht. Seine Ratschläge gelten als vernünftig und zuverlässig.«
»Eine bessere Tarnung könnte man sich nicht wünschen, Sir Lincoln.«
Evans ließ seinen Blick einmal um den Tisch wandern, dann sah er wieder Layton an. »Ich schlage vor, daß wir ein paar Worte unter vier Augen miteinander sprechen.«

Als die anderen sich zurückgezogen hatten, zündete Evans sich eine Zigarre an und lehnte sich vor, die Arme auf den Tisch gestützt. »Haben Sie spezielle Instruktionen des Regierungschefs, Layton?«

»Nur, daß wir die Verdächtigen einkreisen sollen. Der Premier legt aber Wert darauf, daß wir den Oberstaatsanwalt davon überzeugen, daß hinreichende Gründe für eine Verhaftung bestehen.«

»Sie setzen den Special Branch für die Verhaftungen ein, nicht wahr?«

»Wir bedienen uns der normalen Verfahren.«

»Wann werden die Medien Wind davon bekommen?«

»Erst in einigen Tagen. Wir nehmen uns zuerst die andere Seite vor.«

»Hat es in dieser Beziehung schon Ärger mit dem Foreign Office gegeben?«

»Bisher noch nicht.«

Evans stand auf und verstaute die Akten wieder in seiner Tasche. »Lange Reden kann ich mir wohl ersparen, Layton. Ich habe den Eindruck, daß Sie wissen, was Sie tun, und daß Sie auch die Gefahren sehen. Denken Sie daran, daß am Dienstag, spätestens am Mittwoch, die Abgeordneten im Unterhaus nach einer Notstandsdebatte schreien werden.«

Sie waren im Kino gewesen. Es gab *Le Bonheur* und *Un homme et une femme* in einer gekoppelten Vorstellung. Als sie herauskamen, blendete sie die Sonne auf dem Leicester Square. Sie nahmen sich ein Taxi zum Belgrave Square und gingen dann zu Fuß nach Hause.

Hoult trat an die HiFi-Anlage und schob eine Kassette mit Strauß-Walzern ein. Als er sich zu Jelena umschaute, sah er, daß sie blaß war und fröstelte.

»Was ist los, Jelena? Was hast du?«

»Der Mann, Jamie«, flüsterte sie. »Der Mann...«

»Was für ein Mann?«

»Er stand in der Tür des Antiquitätengeschäftes. Und vor dem Kino hat er auf uns gewartet. Er ist KGB, Jamie.«

Hoult ging zum Fenster und spähte vorsichtig hinaus. Draußen stand ein Mann, der gerade auf die Uhr sah. Ein typischer KGB-Erfüllungsgehilfe. »Wie kommst du darauf, Schatz?« fragte er.

Ein Schauer überlief sie. »Ich weiß es, Jamie.«

Hoult griff zum Telefon, aber da läutete es. Er hob ab und nannte ihre Nummer.

»Sir James Hoult?«
»Am Apparat.«
»Mr. Krasin hat mich gebeten, Sie anzurufen, Sir James.«
»Ja?«
»Er fragt, ob Sie ihm nicht doch bei dem Problem helfen könnten, über das er mit Ihnen gesprochen hat.«
»Meine Antwort habe ich ihm bereits gegeben. Sie lautet: Nein. Und ziehen Sie gefälligst den schäbigen Typ da draußen ab. Wenn er in einer Stunde noch hier herumlungert, rufe ich die Polizei.«
»Mr. Krasin sagt, daß er zu einem Tauschgeschäft mit Ihnen bereit wäre, Sir James. Er schlägt vor –.«
Hoult legte auf.
Eine Viertelstunde später holte ein schwarzer Botschaftswagen den Mann vor dem Antiquitätengeschäft ab.
Gegen zwei Uhr früh wurde ein flaches Päckchen bei den Hoults durch den Briefschlitz gesteckt und fiel mit dumpfem Laut auf den Parkettboden in der Diele. Niemand hörte es.

Jelena wickelte sich in ihren Morgenrock, während Hoult die Kassette einschob. Ein paar Sekunden herrschte Stille, dann hörte man ein Klicken und unverkennbar Krasins Stimme:
»Es tut mir leid, Jamie, aber es muß sein. Wir brauchen diese Information, und zwar sofort. Ich habe Adèle. Sie ist bei mir in Sicherheit. Noch. Aber ich habe gewisse Instruktionen. Wenn du Zweifel hast, kannst du ja versuchen, sie telefonisch zu erreichen, aber mach es bitte diskret. Wir wollen ihre Freunde und Bekannten nicht unnötig beunruhigen. Du mußt begreifen, daß mein Einfluß Grenzen hat. Wir benötigen die Information in den nächsten vierundzwanzig Stunden. Sobald du sie hast, rufst du die Kontaktnummer an und läßt dir Solowjew geben. Von ihm bekommst du weitere Anweisungen. Wenn er bis morgen früh um neun nichts von dir gehört hat, bist du für Adèles weiteres Schicksal verantwortlich. Und dann könnte auch auf andere Menschen Druck ausgeübt werden. Dagegen kann dann auch ich nichts mehr machen. Weitere Kontakte erfolgen nicht. Die Entscheidung liegt jetzt bei dir.«
Hoults Blick ruhte auf Jelena, aber er wußte, daß er sie nicht sah. Nach geraumer Zeit stand er langsam auf. »Pack ein paar Sachen für uns zusammen, Jelena. Ich muß noch telefonieren. Sobald das erledigt ist, verlassen wir das Haus.«

Hoult buchte unter falschem Namen eine Suite im Hilton. Nachdem sie sich dort eingerichtet hatten, fuhr er mit dem Lift in die Halle hinunter.

Er setzte sich in einen Sessel, von dem aus er den Haupteingang im Auge behalten konnte, und beobachtete eine halbe Stunde lang die Taxis, die ihre Fahrgäste draußen absetzten. Dann stand er auf, ging zum Zeitungsstand und kaufte die erste Ausgabe des *Evening Standard*. »Der Premier schlägt zu«, schrie ihm eine fette Schlagzeile entgegen. Darunter waren die Bilder von sechs Verhafteten und ein ziemlich großes Foto des Premierministers, der vor der Downing Street Nummer zehn in seinen Wagen stieg. Hoult hatte gerade angefangen, den kurzen dazugehörigen Artikel zu lesen, als er Layton durch die Drehtür kommen sah. Langsam folgte er ihm hinauf in den ersten Stock.

Dort war zum Frühstück gedeckt, und der Pianist klimperte ein Medley aus *Salad Days*. Das Restaurant war gut besucht. Damen, die eine Pause in ihrem vormittäglichen Einkaufsbummel einlegen wollten, Geschäftsleute mit dicken Aktentaschen.

Layton steuerte einen Tisch an der Wand an. Als Hoult sich näherte, deutete er einladend auf einen Stuhl neben sich. Er winkte einem Ober, bestellte Kaffee und sah sich um. »Erstaunlich, wie viele Leute es gibt, die es sich leisten können, am hellen Vormittag hier die Zeit totzuschlagen.«

»Wahrscheinlich Touristen«, sagte Hoult mit einem freudlosen Lächeln.

Der Ober setzte das Tablett ab und legte die Rechnung vor Hoult hin, der sie zur Seite schob. Er goß für sie beide den Kaffee ein und reichte Layton den Zucker.

»Ich habe ein Problem, Layton, das in Ihr Gebiet fällt. Deshalb habe ich Sie hierhergebeten.«

Layton hob die Augenbrauen. »Schießen Sie los, Sir James.«

»Wie ich sehe, ist zur Zeit eine Art Säuberungsaktion im Gange. Ich habe die Schlagzeilen in der Zeitung gesehen, hörte aber schon vor zwei Tagen davon.«

Layton hob den Kopf. »Von wem? Hat es Ihnen der Premierminister erzählt?«

»Nein. Er hat mir kein Wort davon gesagt. Ich habe es von einem Russen.«

Layton setzte langsam seine Tasse ab. »Um wen handelt es sich, Sir James?«

»Der Mann heißt Krasin, Viktor Krasin. Ich kenne ihn von Moskau her. Er ist ein bekannter Schauspieler. Und ich glaube, daß er auch KGB-Offizier ist.«

Layton machte ein undurchdringliches Gesicht und schwieg.

»Er sagte mir, seine Chefs in Moskau hätten Wind davon bekommen, daß bei uns Pläne bestehen, Sympathisanten und dergleichen Typen auszuräuchern.« Hoult wartete.
»Und?«
»Er bat mich um meine Hilfe.«
»In welcher Form?«
»Er verlangte Einzelheiten über die Operation.«
»Wieso kam er gerade auf Sie?«
»Dafür gibt es diverse Gründe, Layton. Ich war, wie Sie wissen, Botschafter in Moskau. Meine Bekanntschaft mit Krasin begann dort. Er besitzt gewisse Informationen über mich, die mich – das ist jedenfalls seine Überzeugung – in Schwierigkeiten bringen könnten. In der Nacht wurde mir in meiner Wohnung eine Kassette zugestellt. Es ist eine Bandaufnahme, eine Nachricht von Krasin. Sie haben meine erste Frau entführt.«
»Haben Sie das nachgeprüft?«
»Unter ihrer Pariser Nummer meldet sich niemand.«
»Sollen wir uns mit den Franzosen in Verbindung setzen?«
»Ich wollte Sie um etwas anderes bitten. Ich habe eine Kontaktnummer von ihnen bekommen und wäre bereit, mich mit den Leuten in Verbindung zu setzen, damit Sie mit ihnen verhandeln können.«
»Und die Gegenleistung?«
»Ich verlange Schutz für meine Frau.«
Layton sah Hoult lange Zeit schweigend an, aber dieser hatte offenbar seinen Worten nichts hinzuzufügen. Schließlich lehnte er sich vor und fragte leise: »Und auf welcher Seite stehen Sie, Sir James?«
Hoult lächelte bitter. »Auf der Seite meiner Frau, Layton. Ich fühle mich auch meiner früheren Frau gegenüber verantwortlich, aber darum kümmere ich mich selbst. Von Ihnen verlange ich lediglich Schutz für Jelena.«
»Und für Sie persönlich?«
Hoult schüttelte den Kopf. »Für mich verlange ich nichts mehr.«
»Kennen Sie den Namen Ihres Kontaktmannes?«
»Ja. Es ist ein gewisser Solowjew.«
»Kennen Sie ihn persönlich?«
»Ich glaube nicht, allerdings ist es denkbar, daß er mir in Moskau irgendwann einmal über den Weg gelaufen ist.«
»Dafür kennen wir ihn um so besser. Oberst im KGB. Spezialist für subversive Tätigkeiten.«
»Sie haben mir eine Frist gesetzt.«

»Wie lange?«
»Vierundzwanzig Stunden, so hieß es in der Nachricht auf der Kassette, und die haben wir heute früh bekommen.«
»Können Sie mich in mein Büro begleiten, Sir James?«
»Wie steht es mit dem Schutz für meine Frau?«
»Wo ist sie?«
»Hier im Hotel.«
Layton stand langsam auf. »Sie hat ein Recht auf unsere Hilfe, Sir James. Wie jeder ganz normale britische Staatsbürger. Ich rufe meine Leute an. Wir warten hier, bis sie jemanden geschickt haben.«
Sie saßen in der Halle, bis zwanzig Minuten später Layton erklärte: »Unser Mann ist jetzt eingetroffen, Sir James. Wir können gehen. Es dauert nicht lange.«
»Wird er meine Frau erkennen?«
Layton nickte mit einem kaum merklichen Lächeln. »Darauf können Sie sich verlassen. Aber er wird nur im Notfall persönlichen Kontakt mit ihr aufnehmen.«
Ein Dienstwagen wartete vor dem Eingang. Zehn Minuten später waren sie in Laytons Büro.

Lucas und sein Team saßen in dem verdunkelten Projektionsraum. Auf dem Pult brannte ein schwaches Leselicht. Von unten angestrahlt wirkte Laytons Gesicht fast unheimlich. Er hob die Hand, der Vorhang gab langsam die große Leinwand frei, ein Motor begann zu summen, und plötzlich war die Leinwand in das gleißende Licht des Projektors getaucht. Layton hüstelte und begann:
»Unsere Einweisungszeit ist sehr knapp bemessen. Ich möchte sie daher bitten, Fragen erst zum Schluß zu stellen.« Er wandte sich halb um, als das erste Dia kam. »Das ist Sir James Hoult. Die Akte können Sie später noch lesen. Sieht nicht übel aus, der Bursche. Er erinnert mich an jemanden, ich weiß nur nicht an wen. Es –«
»David Niven«, unterbrach Lucas.
»Richtig, John. Hier ist er in voller Lebensgröße, hier neben dem Premierminister. Hier haben wir ihn im Profil, und hier ist sein derzeitiges Paßbild – Kopien sind an die Häfen und Flugplätze gegangen. Hier ist er mit seiner Frau. Jetzt kommt ein Enface-Bild von seiner Frau – sie spricht übrigens Englisch, Französisch und Russisch, das steht nicht im Bericht. Robins und Matthews werden sie vorläufig nicht aus den Augen lassen.
Dies ist Solowjew. Wir haben reichlich Material über ihn, ich habe Ihnen die wesentlichen Punkte zusammenstellen lassen.

Er ist sehr routiniert, hat Einsätze in Amerika geleitet und war zwei Jahre lang an der Londoner Botschaft für die ›Legalen‹ zuständig. Die Anweisungen, die Hoult bekommen hat, lassen darauf schließen, daß sich Solowjew im Lande, wahrscheinlich in London, befindet. Unter diesem Namen ist er nicht eingereist. Er wird auch nicht als Botschaftsangehöriger geführt.

Hoult wird die ihm angegebene Nummer anrufen und sich bereit erklären, die Dokumente zu übergeben. Er wird versuchen, eine Fristverlängerung zu erreichen, um uns eine sorgfältige Planung zu ermöglichen.

Wer verdächtig ist, an der Übergabe der Dokumente beteiligt zu sein, wird von Ihnen festgenommen. Wir haben eine Akte über bekannte tote Briefkästen der Sowjets in London, aber ich glaube kaum, daß sie die einsetzen werden.«

Als das Licht anging, meldete sich eine Stimme zu Wort: »Ist zu befürchten, daß der Abholer die Dokumente prüft und die Operation abbricht, wenn er feststellt, daß sie lückenhaft sind?«

»Nein, damit brauchen Sie nicht zu rechnen. Die Dokumente werden völlig authentisch aussehen.«

Lucas stand auf. »Wenn es noch weitere Fragen gibt, werde ich versuchen, sie zu beantworten. Der Chef muß jetzt weg.« Er sah Layton an. »Danke, Sir.«

Im Hilton las Hoult die Abendausgabe des *Standard*. Sie enthielt einen ausführlicheren Bericht über die Verhaftungswelle. Das Ausmaß der Aktion schien viel umfangreicher zu sein, als man nach dem Artikel in der ersten Ausgabe hatte erwarten können. Der Leitartikel ließ keinen Zweifel daran, daß die Zeitung sich rückhaltlos hinter den Premierminister stellte.

»Während aus allen Teilen des Landes Meldungen über die Verhaftungen durch die Polizei und den Special Branch eingehen, wird klar, daß die mutige Entscheidung des Premierministers die volle Unterstützung der Öffentlichkeit hat.

Nie seit der Volksabstimmung über den Eintritt Großbritanniens in die EG hat die Redaktion so viele Anrufe von Lesern bekommen, die sich mit den Maßnahmen der Regierung einverstanden erklären.

Schon viel zu lange wissen wir, daß es im Parlament, in den Gewerkschaften, ja, auch in den Medien selbst, einflußreiche Leute gibt, die ein Interesse daran haben, alles das zu zerstören, worauf unser Land mit Recht stolz war: Wirtschaftlichen Erfolg, politische Toleranz, Wahl- und Redefreiheit.

Wir haben es erlebt, wie aufgehetzte Massen sich rücksichtslos über die Wünsche der arbeitenden Bevölkerung hinweggesetzt haben, wie unter den fadenscheinigsten Vorwänden unser geordneter Tagesablauf gestört und die Klassen gegeneinander aufgebracht wurden.

Schon gibt es Anzeichen dafür, daß die äußerste Linke noch immer die Hoffnung hegt, den Interessen ihrer Herren in Moskau zu dienen, indem sie die Autorität der Regierung und des Premierministers in Frage stellt. Aber im Namen unserer Leser rufen wir diesen Elementen zu: Das Spiel ist aus, Genossen!«

Hoult las die Namen der Verhafteten. Für ihn bot die Aufzählung kaum Überraschungen, aber für den Mann auf der Straße mußte sie ein schwerer Schock sein. Parlamentsabgeordnete, drei Minister, zwanzig Staatsbeamte, Schriftsteller, Schauspieler, zwei TV-Persönlichkeiten, ein Redakteur und ein Dutzend Journalisten, eine Handvoll Gewerkschaftsführer und eine ellenlange Liste bisher Unbekannter.

Es hieß, daß die Linke die Bevölkerung zu einem Marsch zur Downing Street und zum Parlament aufrufen wollte. Man sprach von einer Notstandsdebatte. Die Fenster der sowjetischen Botschaft waren verbarrikadiert worden, der *Morning Star* hatte sein Erscheinen eingestellt. Für Militär und Polizei war Urlaubssperre verhängt worden, Truppen wurden von Ulster nach England verlegt. BBC und ITV unterbrachen ihre Programme laufend mit Sondermeldungen. Der Premierminister wollte sich um acht Uhr mit einer Rede an die Bevölkerung wenden.

Hoult legte die Zeitung aus der Hand und sah zu Jelena herüber. Sie lag unter der dünnen Decke und schlief. Als er sich aufs Bett setzte, öffnete sie die Augen, richtete sich auf und strich sich das Haar zurecht. Schlaftrunken lächelte sie ihn an.

Sie sah ihm zu, während er sich auszog, und nahm ihn in die Arme.

Sie hatten geschlafen, als das Telefon läutete. Hoult schreckte hoch und tastete im Dunkeln nach dem Hörer. Es war Layton. »Sie sollten ihn jetzt anrufen, Sir James. Wenn wir zu lange warten, schöpfen sie sonst womöglich Verdacht. Viel Glück.«

»Danke, Layton«, sagte er tonlos. In der Finsternis spürte er eine leise Regung von Furcht. Er fröstelte, und als seine Augen sich an die Dunkelheit gewöhnt hatten, legte er seine Hand auf das dunkle Dreieck zwischen Jelenas langen Beinen. Er lehnte sich über sie und küßte sie sanft, bis sie aufwachte.

Dann zog er die Vorhänge zurück und kleidete sich an, und

während Jelena badete, bat er die Zentrale, ihn mit der Nummer zu verbinden, die Krasin ihm genannt hatte. Layton hatte gemeint, daß das besonders echt wirken würde.

Das Telefon läutete. »Ihr Gespräch, Sir«, sagte das Mädchen von der Zentrale.

»Solowjew?«

»Am Apparat, Sir James.«

»Ich habe die Papiere.«

»Ausgezeichnet. Von wo sprechen Sie?«

»Vom Hilton.«

»Haben Sie dort ein Zimmer?«

»Ja.«

»Welche Nummer?«

»1704.«

»Ich rufe zurück.«

»Es ist nicht unter meinem Namen gebucht.«

»Dann nenne ich die Zimmernummer.« Er legte auf.

Zwei Minuten später läutete das Telefon wieder.

»Sir James?«

»Ja?«

»Kennen Sie die Festival Hall?«

»Sehr gut sogar.«

»Schön. Sie holen zwei Karten für Ihre Frau und sich an der Kasse ab. Loge G. G wie Golf. Die anderen Plätze in der Loge sind nicht besetzt. Die Karten sind bereits bezahlt. Sie nehmen die Papiere mit und lassen sie unter dem äußersten Sessel links liegen. In der Pause verlassen Sie die Festival Hall. Wenn alles zu unserer Zufriedenheit verlaufen ist, rufen wir Sie heute abend gegen zehn an. Wir werden inzwischen unseren Freund in Paris informieren. Die Dame kann Ihnen dann selbst bestätigen, daß sie sich auf freiem Fuß befindet. Alles klar?«

»Loge G. Äußerster Sessel links. In der Pause gehen.«

»Genau.«

Hoult sah auf die Uhr. Layton hatte gesagt, er solle nach Möglichkeit zehn Minuten mit seinem Anruf bei ihm warten.

Fünf Minuten später klingelte es wieder. »Ein Gespräch für Sie, Sir.«

»Wer ist da?«

Eine Pause – dann klickte es, die Leitung war tot. Sie hatten, wie Layton vorausgesagt hatte, nachgeprüft, ob er telefonierte.

Er hatte die Zentrale gebeten, den Zimmerkellner heraufzuschicken. Minuten später war Lucas, Laytons Mann, bei ihm, und ließ sich berichten. Hoult solle sich peinlich genau nach Solowjews Anweisungen richten und dann ins Hotel zurückkommen. Sie sollten das dritte Taxi am Stand vor der Festival Hall nehmen. Der Taxifahrer würde ihn mit »Hallo, Jamie!« begrüßen.

»Du wirst doch keine Dummheiten machen, Adèle? Um Hilfe schreien zum Beispiel. Oder einen Fluchtversuch machen... Das wäre sehr unangenehm für uns alle.«

»Sag mir eins, Viktor: Hat Jamie deinen Leuten geholfen, seit er wieder in London ist?«

Er zuckte mit den Schultern. »Comme ci, comme ça. Er hat uns ein paar Informationen verschafft, aber nichts Wichtiges.«

»Und du glaubst, jetzt wird er meinetwegen tun, was ihr verlangt?«

»Davon bin ich überzeugt.«

»Aber warum?«

»Er hat ein schlechtes Gewissen wegen der Scheidung und so weiter. Er fühlt sich für dich verantwortlich, besonders in so einer Situation.«

»Ich glaube, diesmal bist du zu weit gegangen.«

Sie erkannte den Zweifel in seinem Blick, die aufdämmernde Erkenntnis, daß sie unter Umständen die Situation falsch eingeschätzt hatten.

»Wie kommst du darauf, Adèle?«

»Man kann Jamie überreden, man kann ihn mitziehen, aber wenn man ihn in die Enge treibt, schlägt er zurück. Denk an Moskau. Genaues habe ich ja nie erfahren, aber bestimmt hat er damals nicht das getan, was deine Leute von ihm erwarteten.«

Sie sah ihm an, daß sie ins Schwarze getroffen hatte, und wartete schweigend auf seine Reaktion. Er zupfte an den Fransen der Tagesdecke herum, dann sah er auf. Sie war noch immer sehr schön, ihr Gesicht weich und glatt wie das eines jungen Mädchens. Die großen braunen Augen waren so klar, so lebendig wie an jenem Abend in der Botschaft. Eine Frau wie sie konnte man nicht hinters Licht führen. »Was sollen wir nur tun, Adèle?« fragte er leise.

»Wie lauten deine Instruktionen?«

Er zögerte einen Augenblick. »Ich sollte dich töten, Adèle.« Er sah eine Ader an ihrem schlanken Hals klopfen.

»Und wie würdest du das anstellen?« erkundigte sie sich sachlich.

Er schüttelte hilflos den Kopf. »Ich habe einen Revolver.« Sie sah in sein aufgewühltes Gesicht und spürte die Leere, die in ihm war. Die Leere des Verlierers.

»Könntest du das, Viktor?«
Er hatte Tränen in den Augen. »Nein, Adèle. Eher bringe ich mich um. Aber das rettet euch unter Umständen nicht vor den anderen.«
»Wie bist du eigentlich an den KGB geraten?«
»Es war nützlich für meine Karriere, ich bekam Kontakt zu einflußreichen Leuten, ich hatte viele Privilegien. Es war okay, als ich noch jung war. Aber jetzt sieht es anders aus.«
»Warum?«
»Ich weiß nicht... Vielleicht liegt es am Alter. Ich bin jetzt mehr für das ruhige Leben.«
»Warum gibst du dann nicht auf?«
Er lachte bitter. »Beim KGB kündigt man nicht, Adèle. Allenfalls lassen sie dich fallen.«
»Warum gehst du dann nicht fort?«
Sie merkte, daß er sich diese Frage schon selbst gestellt hatte. »Wohin denn? Was soll ich tun?«
»Du könntest in Frankreich bleiben und als Schauspieler arbeiten oder in irgendeinem anderen Theaterberuf.«
Er lächelte. »Keine Angst, Adèle, ich werde dich nicht umzubringen brauchen. Jamie wird tun, was man von ihm verlangt.«
Sie schüttelte den Kopf. »Das tut er nicht. Er wird versuchen, deine Leute fertigzumachen.«
»Das wäre das Ende für uns alle.«
»Wenn er es doch tut – darf ich dir dann helfen, dir hier ein neues Leben aufzubauen, Viktor?«
»Sie würden mich erwischen, Adèle. Sie würden mich ermorden.«
»Das würden sie nicht wagen. Du bist ja nicht nur ein KGB-Mann, du bist eine bekannte Persönlichkeit. In Frankreich setzt man auf Entspannung.«
Er wirkte jetzt verstört. »Warten wir erst einmal ab...«
»Aber wenn es so kommt, wie ich gesagt habe, würdest du es dann tun?«
Er seufzte und hob die Arme in einer sehr französischen Geste. »Es würde mir nichts anderes übrigbleiben, Adèle. Umbringen könnte ich dich nicht, das steht fest. Und wenn ich zurückginge, wäre ich in jedem Fall erledigt.« Gewaltsam versuchte er seine trübe Stimmung abzuschütteln. »Noch ein Drink und dann essen wir etwas, ja?«
Das Telefon läutete, als er die Drinks eingoß. Er griff rasch nach dem Hörer. Dann nickte er. »Ja gatow, spasibo.« Er sah Adèle an. »Gott sei Dank, deine Voraussage ist nicht eingetroffen. Jamie hat mit ihnen Kontakt aufgenommen. Er will ihre

Forderung erfüllen.«

Sie griff nach ihrem Glas. »Noch haben wir es nicht hinter uns, Viktor.«

»Du scheinst deiner Sache sehr sicher zu sein.«

»Das bin ich auch.«

12

Lucas hatte sein Team frühzeitig zur Festival Hall geschickt und ständigen Funkkontakt mit seinen Leuten gehalten. Er konnte Loge G erkennen, wenn er sie vom Projektionsraum aus mit seinem Fernglas anvisierte. Außer Hoult und seiner Frau hatte niemand sie betreten. Am Pult stand Neville Marriner, das Northern Symphony Orchestra spielte, und die Festival Hall war nicht so voll, wie die Künstler es verdient hätten. Aber als die Lichter zur Pause angingen, ernteten sie dankbaren Applaus.

Er sah, wie die Hoults aufstanden und die Loge verließen. Die Orchestermitglieder nahmen bereits wieder ihre Plätze ein, als eine Frau die Loge betrat, sich bückte, sich wieder aufrichtete und hinausging.

Dann begannen die Funkmeldungen einzulaufen. Die Frau war in die Toilette gegangen und wenige Minuten später wieder herausgekommen. Sie hatte einen Umschlag mit offener Klappe in der Hand. Demnach hatte sie den Inhalt schon kurz geprüft. Während sie langsam am Flußufer entlangging, wurde die Toilette durchsucht. Gefunden wurde nichts. Die Frau ging dann zum Parkplatz und fuhr in Richtung Waterloo Station davon. Am Kreisel überquerte sie die Waterloo Bridge und fuhr weiter zum Strand. Am Trafalgar Square war einer von Lucas' Leuten nur drei Wagen hinter ihr.

Ein zweiter Wagen des SIS wartete am Green Park, ein dritter am Berkeley Square. Der dritte folgte der Frau bis zum Parkplatz des Hilton, und zwei Beobachter beschatteten sie, als sie vom Shepherd Market zur Curzon Street und wieder zurück zu einem Kino ging, in dem der neue Fellini lief. Vor der Kasse stand eine Schlange, aus der jemand der Frau zuwinkte. Sie entschuldigte sich bei den Umstehenden und trat zu dem Mann.

Die Bewacher waren jetzt zu dritt, einer an jedem Ende der kurzen Straße, Lucas selbst am Kinoeingang. Als das Pärchen sich dem Kopf der Schlange näherte, sah Lucas, daß der Mann nicht zum ständigen Stab der Botschaft gehörte. Doch die Frau hatte er, zumindest auf Fotos, schon gesehen. Wie sie hieß, wußte er nicht mehr, aber er erinnerte sich, daß sie an der London School of Economics studierte. In den Akten stand, daß sie die Freundin eines Iren war, der sich häufig in Amsterdam mit tschechischen Waffenhändlern traf. Der dicke, braune Umschlag war nicht zu sehen.

Im Kino saß das Paar zusammen und sah sich die letzten fünfzehn Minuten des Hauptfilms an. Als das Licht anging, stand der Mann auf und ging zu den Toiletten. Dort blieb er, bis es wieder dunkel geworden war, dann schritt er langsam zum Ausgang. Im Kino waren die Bewacher über Funk nicht zu erreichen, aber für solche Fälle stand das Vorgehen fest: Einer blieb zur Observierung der Frau zurück, ein breitschultriger, untersetzter Mann folgte dem Iren.

Dieser lief ein paarmal durch die Nebenstraßen von Shepherd Market und ging dann über die Curzon Street zur Queen Street. Aus einem Automaten vor der Post zog er sich eine Briefmarke und ging dann bis zum Ende der Straße. Dort sah er sich in einem Mary-Davies-Shop Blusen und Kleider an und blickte sich dann rasch um. Als keine Passanten in Sicht waren, schlenderte er über die Straße und ging die kleine Vortreppe zu einem Haus hinauf. Die Tür öffnete sich von innen, und er verschwand darin.

Lucas forderte über Funk bei der Zentrale nähere Einzelheiten über das Haus an.

»Versucht es in der Planungsabteilung des Londoner Stadtrates oder einer der großen Wohnbaugesellschaften. Cadogan vielleicht oder Westminster.«

»Es ist Samstagabend, Chef, da ist kein Mensch greifbar.«

»Verdammt, immer passiert so was am Wochenende. Was können wir sonst noch machen?«

»Schwer zu sagen. Wie sieht es aus?«

»Wie ein Privathaus.«

»Und das Haus daneben?«

»Völlig gleich, nur anders angestrichen. Dort hängt ein Anwaltsschild.«

»Ich kann euch einen Schlüsselexperten schicken. Ihr könntet euch mal im Nebenhaus umsehen.«

»Wie lange würde das dauern?«

»Fünf, höchstens zehn Minuten.«

»Okay, schicken Sie mir den Mann.«

Lucas hatte die Queen Street dichtgemacht. Einen Hintereingang oder einen Garten schien es nicht zu geben, aber da die Hinterfront des Hauses an einen Club grenzte, war es denkbar, daß ein Durchgang vorhanden war.

Ein Taxi blinkte am Zebrastreifen in der Curzon Street. Lucas ging hinüber. Der Schlosser war ein früherer Polizist aus Portsmouth. Er ließ sich von Lucas informieren. Dann ging er in Begleitung eines Mädchens zu dem Nebenhaus, blieb mit ihr einen Augenblick auf den Stufen stehen und betrat wenige Minuten später das Haus. Lucas und seine Leute näherten sich vom anderen Ende der Straße. Die Tür stand einen Spaltbreit offen. Sie traten ein.

Sie verbrachten zehn Minuten damit, sich mit dem Grundriß der drei Stockwerke vertraut zu machen. Der Umbau zu Büroräumen war nicht recht gelungen, man konnte die ursprüngliche Anlage noch erkennen.

Lucas rief ein Team zusammen. Es fehlte nur der Mann, der die Frau aus der Festival Hall beschattete, und ein Beobachter, den sie in der Queen Street zurückgelassen hatten.

»Die Burschen dürfen uns nicht entkommen – ist das klar? Ich möchte sie lebend haben und möglichst unversehrt. Sie sind wichtig und werden uns interessante Informationen geben können. Wenn wir es geschickt anstellen, lassen sie sich vielleicht sogar als Zeugen verwenden. Aber falls es nötig ist, wird scharf geschossen. Ohne Warnung. Wenn wir aus irgendeinem Grund getrennt werden, fahrt ihr zurück ins Amt. Sollte die Polizei euch schnappen, zeigt ihr eure Ausweise, gebt aber keinerlei Erklärung ab, sondern verweist die Kollegen an Layton persönlich. Wenn er nicht greifbar ist, sollen sie sich an den Diensthabenden vom Special Branch wenden. Noch Fragen?«

»Wie viele sind es, und haben wir eine Vorstellung davon, um wen es sich handelt?«

»Weder noch. Aber ich schätze, daß Solowjew dabei ist. Und dieser verdammte Ire natürlich.«

»O'Malley.«

»Richtig, der Name war mir entfallen.« Er hob die Hand und steckte den Ohrhörer fester. »Das Mädchen hat das Kino verlassen und steuert das Hilton an. Hierher dürfte sie demnach kaum kommen.« Er stand auf und ging zur Tür. »Burrows, Sie versuchen sich an der Tür. Vielleicht können wir sie überrumpeln.«

Als Burrows die Tür aufbrachte, war der Ire halb die Treppe hinunter. Sekundenlang war er wie versteinert, dann drehte er sich um, rief etwas und wollte die Treppe wieder hinaufrennen. Aber da hatte ihn einer schon am Bein gepackt. Der große, starke Kerl schlug wie wild um sich, wollte sich am Treppengeländer festhalten, griff daneben, fiel hintenüber und kollerte mit dem Kopf voran die Treppe herunter zur Tür, wo er unbeweglich liegenblieb.

Inzwischen war Lucas die Treppe hinaufgestürzt und betrat ein Zimmer, in dem er Licht brennen sah. Zwei Männer standen am Fenster und sahen hinaus. Einer war Solowjew. Er wandte sich hastig um. Sein Gesicht war rot vor Zorn.

»Was, zum Teufel, soll das? Was wollen Sie?«

»Polizei, Mr. Solowjew. Keine Bewegung.«

Solowjews Hand ging automatisch zur Brust, dann schrie er auf, griff nach seinem Ellbogen, und ein dünner Rauchfaden stieg aus dem Schalldämpfer von Lucas' Pistole auf.

Der andere Mann hob die Hände und ergab sich.

Nach zehn Minuten hatten sie fünf Mann aufgestöbert und waren auf dem Rückweg nach Pimlico. Einer fehlte ihnen noch, aber das wußten sie nicht.

Später kamen noch zwei Russen, die ebenfalls festgenommen wurden. Sie gehörten beide zum Stab der sowjetischen Botschaft, und Layton ließ sie kurz vor Mitternacht wieder laufen.

Der für zehn Uhr zugesagte Anruf kam nicht. Gegen zwei Uhr morgens erfuhr Hoult von Layton, daß seine Leute Solowjew veranlaßt hatten, Krasin unter einer Pariser Nummer anzurufen, damit Adèle unverzüglich freigelassen werden konnte. Einer seiner Mitarbeiter, der fließend Russisch sprach, hatte das Gespräch mitgehört und bestätigte, daß die Anweisungen korrekt durchgegeben worden waren.

Krasin ließ sich in seinen Sessel zurücksinken und legte den Kopf in die Hände. »Was ist, Viktor?« fragte Adèle erschrocken. »Was hat er gesagt?«

Krasin, die Augen rotgerändert vor Erschöpfung, das Gesicht verfallen vor Müdigkeit und Anspannung, sah auf.

»Das war Solowjew, der Einsatzleiter. Er hat mir Anweisung gegeben, dich freizulassen.«

»Warum bist du dann so bestürzt?«

»Er sprach unter Druck. Sie müssen ihn erwischt haben.«

»Woher willst du das wissen?«

»Es ging deutlich aus dem hervor, was er sagte. Er hat mir erklärt, Hoult habe getan, was man von ihm verlangt hat, ich könne also die Frau freilassen. Aber er sagte nicht *dewuschka,* sondern *dewka.*«

»Wo ist da der Unterschied?«

»*Dewuschka* ist das korrekte Wort für Mädchen. *Dewka* ist Slang, wie ›Baby‹ oder ›Puppe‹. Es ist das vereinbarte Zeichen dafür, daß man unter Druck spricht. In dienstlichen Mitteilungen ist sonst Slang streng untersagt. Es war eine Warnung.«
Er sah in Adèles blasses Gesicht. »Was sollen wir nur tun?«
»Wir packen unsere Sachen und verlassen so schnell wie möglich Paris.«
»Wohin sollen wir denn fahren?«
»Ich habe ein Ferienhaus in Honfleur.«
»Dort wird man dich sehr rasch finden.«
»Nein, ich habe es eben erst für ein halbes Jahr gemietet. Niemand weiß etwas davon.«
»Und wie kommen wir dorthin?«
»Wir nehmen uns ein Taxi zum Place Vendome und bestellen uns von dort aus telefonisch bei Hertz einen Leihwagen. Wir können vom Ritz aus telefonieren.«
Krasin stand langsam auf und fuhr sich mit der Hand über das lichtende Haar.
»Gut, dann aber schnell, sonst erwischen sie uns doch noch.«
Sie machte den Mund auf, wollte sichtlich noch etwas sagen – und schwieg dann doch. Es gab wenig zusammenzupacken, und eine halbe Stunde später saßen sie im Ritz bei einer Tasse Kaffe und warteten auf den bestellten Wagen.

Mittags war das Londoner Fiasko in Moskau bekannt geworden, und Andropow hatte bereits Störaktionen gegen die britische Botschaft in die Wege geleitet.
Hoult hatte mehrfach bei Adèle angerufen, aber dort hatte sich niemand gemeldet. Er setzte sich mit Layton in Verbindung, der versprach, sich einzuschalten.
Hoult wartete mit Jelena im Hotel auf Laytons Rückruf. Aber erst gegen Abend läutete das Telefon. Adèle war nicht in ihre Wohnung zurückgekehrt und schien sich auch nicht bei ihren Freunden oder bei ihrer Familie gemeldet zu haben. Layton hatte einen Mitarbeiter in Paris auf die Sache angesetzt.
»Ich werde selbst hinfliegen müssen, Jelena. Ich muß wissen, was geschehen ist.«
»Traust du Laytons Leuten nicht?«
»Nachdem sie Solowjew und die anderen haben, ist ihnen diese Sache nicht mehr wichtig. Zur Zeit haben sie so viel am Hals, daß sie sich wegen einer vermißten Französin nicht allzu sehr ins Zeug legen dürften.«
»Aber für dich ist der Fall wichtig, Jamie?«
Er setzte sich neben sie aufs Bett. »Ja, mein Liebling. Adèle

ist mir fremd geworden, mein Leben mit ihr scheint mir schon so fern wie der Krieg. Aber ich fühle mich verantwortlich. Meinetwegen ist sie als Geisel genommen worden. Seit unserer Trennung hat sie nie versucht, sich in mein Leben zu drängen, und umgekehrt habe ich es ebenso gehalten. Aber jetzt bin ich – wenn auch sehr gegen meinen Willen – wieder in ihr Leben getreten, und es ist meine Pflicht, mich um sie zu kümmern.«

»Kann ich mitkommen?«

»Es wäre besser, wenn du hierbleiben würdest. Und sicherer. Aber ich wäre sehr unglücklich ohne dich.«

»Wann reisen wir?«

»Ich muß noch Vorbereitungen treffen und ein paar Telefonate erledigen. Sagen wir morgen früh.«

»Glaubst du, sie würden ihr etwas antun?«

»Es kommt darauf an, wer sie festhält. Krasin traue ich es kaum zu. Aber bei den anderen kann man nie wissen...«

Er legte einen Augenblick seinen Kopf an ihre Schulter. Dann nahm er sich zusammen, stand auf und griff zum Telefon. Ihr war das Herz schwer, aber sie konnte nichts tun, was ihm hätte helfen können. Wie so oft in seinem Leben tat er das, wozu die Umstände ihn zwangen.

Hoult schlief unruhig in dieser Nacht. Immer wieder wurde er wach, und dann erinnerte er sich an die Nacht mit Jelena in dem Moskauer Hotel. Erneut hatten ihn Zweifel und Unsicherheit erfaßt. Wieder ein Hotelzimmer, wieder eine Krise, und wieder eine Entscheidung, was Vorrang hatte, und die Überlegung, was für ein Mensch er wirklich war.

Kurz nach eins ging Kusnezow an Bord der Aeroflot-Maschine nach Paris. Laytons Mann hatte sich eine Liste der Grundstücke beschafft, die der Familie de Massu gehörten, und ein paar diskrete Erkundigungen beim französischen Sicherheitsdienst auf dem Boulevard Mortier eingezogen.

In London gaben die Redakteure letzte Meldungen für die Morgenzeitungen in Druck. Sie beneideten ihre Konkurrenz von der Abendpresse, die ausführlich über den vom Premierminister um Mitternacht ausgerufenen nationalen Notstand würde berichten können.

13

Adèle saß am Steuer des weißen 2 CV, Krasin hockte neben ihr auf dem Beifahrersitz. Sie waren in die Rue de la Huchesse zurückgefahren, hatten die Betten abgezogen und die Lebensmittel aus dem Kühlschrank geräumt. Vom Quai waren sie links in den Boulevard Saint Michel abgebogen. Es herrschte kaum Verkehr, und sie waren schnell auf der M-13. Auf der Höhe des Hubschrauberlandeplatzes war Krasin eingeschlafen. Adèle hatte einen schnellen Blick flußabwärts geworfen, während sie über die Seine rollten. Der Morgen zog herauf. In der Rue de la Reine waren Straßenarbeiten im Gange. Als sie Sèvres erreicht hatten, begann es leicht zu regnen, und sie mußte Gas wegnehmen.

In Nantes war es hell genug, um ohne Licht zu fahren, und in Louviers setzte der Sonntagsverkehr ein. An dem großen Autobahnkreuz in Pont Audemer war der Verkehr so dicht geworden, daß sie die Autobahn verließ und sich für die Landstraße entschied, die an der Eisenbahn entlang nach Honfleur führte.

Als sie am Jachthafen anhielt, schlief Krasin noch immer. Leise stieg sie aus. Sie zog den schwarzseidenen Abendmantel enger um sich, beugte sich zurück in den Wagen und schüttelte Krasin. Er lächelte, als er die Augen aufschlug und sie sah. Dann kam die Erinnerung zurück. Kopfschüttelnd fuhr er sich über das stoppelige Kinn. Sie hatte unterwegs Lebensmittel und Zigaretten, einen Rasierapparat mit Klingen und zwei Liter Milch gekauft.

Das Ferienhaus lag nahe der Flußmündung. Als sie durch das offenstehende Tor fuhr, konnte sie hinter dem Seenebel nur mit Mühe seine Konturen erkennen.

In jeder großen Stadt gibt es Bezirke, deren romantisch klingende Namen Hoffnungen wecken, die sich nicht erfüllen. Dazu gehört Belleville in Paris. In Belleville zieht die Industrie ihre schmutzige Spur über Stahl und Eisen, junge Männer träumen von einem neuen Mai '68, und die örtliche Kommunistische Partei hat soviel Zulauf, daß sie bei der Aufnahme neuer Mitglieder wählerisch sein kann. Zwei, die Gnade vor ihren Augen gefunden hatten, waren Jacques und Alain Janin, Vater und Sohn.

Kusnezow und die beiden Janins saßen in dem kleinen Vorderzimmer, wo dem Besuch zu Ehren die Schonbezüge abgezogen worden waren. Janin senior war Schweißer, sein Sohn arbeitete als Telefonist im Fernamt. Er hatte die Botschaft verständigt, als der junge Mann aus der Buchhandlung Krasin in der Wohnung in der Rue de la Huchesse nicht erreicht hatte.

Andropows Instruktionen waren klar und eindeutig. Kusnezow hatte den Auftrag, Krasin und Madame de Massu aufzuspüren und zu beseitigen. Die Pariser Botschaft sollte die Aktion decken und ihm mit Rat und Tat zur Seite stehen. Kusnezow war ein robuster junger Mann, aber er sprach schlecht Französisch, und seine Stärke war die Gewalttätigkeit, nicht die Diplomatie.

Alain hatte die Gebührenzettel für die Gespräche geprüft, die in die Wohnung in der Rue de la Huchesse vermittelt worden waren; auch Solowjews Gespräch spät in der Nacht war darunter. Danach waren von diesem Anschluß aus weder Gespräche geführt noch entgegengenommen worden. Ein Zwei-Mann-Team von der sowjetischen Botschaft beobachtete Adèle de Massus Wohnung, xin Journalist hatte es übernommen, gegen ein Honorar diskrete Erkundigungen bei der Familie und im Bekanntenkreis anzustellen. Kusnezow, durch die nahezu unbegrenzten Möglichkeiten des KGB verwöhnt, hatte nur mit Mühe seinen Ärger darüber unterdrücken können, daß er sich als Außenseiter in einer fremden Stadt befand, in der er praktisch keinen Einfluß und jämmerlich geringe Handlungsfreiheit hatte.

Laytons Mann war ein alter Hase, der sich seine Geheimdienstsporen im Krieg verdient hatte. In seinem jetzigen Geschäft als Verkäufer von Jaguars kam ihm das rosa Band der Ehrenlegion gut zustatten. Er fühlte sich in Paris heimischer als in England, und sein einziges Zugeständnis an seine Landsleute war, daß er sich nicht für die französische Rugby-Mannschaft heiserbrüllte, wenn England im Stade de Colombes spielte. Seine Tarnung – die Jaguar-Konzession – sicherte ihm ein gutes Auskommen, und von Layton wurde er nur für Sonderaufgaben eingesetzt. In diesem Fall hatte man sich an ihn hauptsächlich wegen seiner guten Beziehungen zu Kreisen der Pariser Gesellschaft und Geschäftswelt gewandt.

Er saß an dem kleinen, aufgeräumten Schreibtisch, das Telefon vor sich, die Liste der de-Massu-Grundstücke auf der Schreibunterlage. Als Paul Beresford hatte er mit dem Angebot eines 1970er XJ 6 für knapp über 10 000 Francs einen hinreichenden Vorwand, um sich mit Adèle in Verbindung zu setzen. Es wurde wirklich Zeit, daß Madame sich von ihrem alten Mark IX trennte.

Drei Stunden lang telefonierte er herum, doch ohne Ergebnis. Niemand wußte, wo sie steckte, aber niemand schien sich über ihr Verschwinden besondere Sorgen zu machen. Ihre Söhne waren im Ausland, vielleicht nahm sie die Gelegenheit wahr, um irgendwo ein paar Tage Ferien zu machen. Layton hatte ihm eingeschärft, die Angehörigen nicht zu beunruhigen. Aber wie sollte er weiterkommen, wenn er nicht andeuten konnte, daß er sie dringend sprechen mußte?

Nach dem Essen hatte ihn einer seiner Kontaktleute vom Geheimdienst angerufen. Bei einer Routineüberprüfung der Veranstaltungen in der sowjetischen Botschaft hatte sich herausgestellt, daß Adèles Name auf einer Gästeliste für ein Konzert gestanden hatte. Dieses Konzert hatte an dem Tag vor Krasins Nachricht an Hoult stattgefunden. Zwischen der Anzahl der offiziellen Gäste und der Anzahl der von den Sowjets besetzten Plätze bestand eine Diskrepanz. Beresford kombinierte, daß Krasins Name möglicherweise auf der Gästeliste unterschlagen worden war. Die Pariser Kollegen baten, weiter auf dem laufenden gehalten zu werden.

Beresford überlegte, ob er sich bei dem einen oder anderen Botschaftsfahrer nach Adèle erkundigen sollte, aber das hätte ihn vermutlich auch nicht weitergebracht. Sie mußte mit Krasin weggefahren sein. Er mußte sich ihre Wohnung ansehen. Das bedeutete einen ausgewachsenen Einbruch, und dazu brauchte er grünes Licht von Layton und ein Stillhalteabkommen mit der Polizei, das ihm die Pariser Kollegen vom Dienst vermitteln sollten.

Er rief in London an, aber Layton war nicht zu sprechen. Er beschloß, trotzdem alles Notwendige in die Wege zu leiten. Die Spur wurde schon kalt, und Layton hatte angedeutet, daß die Vermißte unter Umständen auch von anderer Seite gesucht werden könnte.

Hoult hatte sich und seine Frau in einem kleinen Hotel an der Rue des Capucines eingemietet, dessen altmodischer Eingang auf die Place Vendôme hinausging. Er hatte keine Spur, keine Unterstützung, und er wußte, daß ihm nichts anderes übrigbleiben würde, als sich an die Familie de Massu zu wenden. Adèles Vater war kurz nach der Scheidung gestorben, und ihre Mutter hatte das große Stadthaus nicht behalten. Sie hatte jetzt ein Apartment über einem der vornehmen Geschäfte im Faubourg St. Honoré.

Madame de Massu bat ihn, mit Jelena zum Tee zu kommen. Hoult wäre lieber allein hingegangen, aber es wäre unhöflich gewesen, die gutgemeinte Geste abzulehnen. Sie hatte ihn immer gern gehabt. Als es zum Bruch gekommen war, hatte sie ihm einen herzlichen Brief geschrieben.

Der Raum war elegant und sehr feminin. Sie saß in einem hochlehnigen Sessel, ihren Stock neben sich, ein Bein auf einem bestickten Fußbänkchen. Sie bedeutete ihnen, Platz zu nehmen, und drückte den Klingelknopf auf einem Beistelltischchen.

»Ihr bekommt einen englischen Tee, Jamie.«

Sie lehnte sich ein wenig mühsam zu Jelena hinüber und lächelte. »Als er noch an der Bank arbeitete, hat er mich manchmal besucht. Gegessen hat er wie ein Scheunendrescher. Er muß halb verhungert sein in seiner kleinen Bude auf der anderen Seite des Flusses.« Sie bedeutete dem Mädchen, das Tablett abzustellen. Als der Tee eingeschenkt war, lehnte sie sich zurück und legte die Hand wie haltsuchend auf ihren Stock. Sie sah Hoult an.

»Was kann ich für dich tun, mein Lieber?«

»Ich mache mir Sorgen um Adèle, *maman*. Ich glaube, sie ist in Gefahr.«

Die alte Dame sah ihn leicht verwirrt an. Aus einem Höflichkeitsbesuch drohte eine peinliche Situation zu werden. Er fuhr rasch fort: »Man hat mir gesagt, daß Adèle gefährdet wäre, wenn ich nicht täte, was von mir verlangt wird.«

»Hast du die Polizei verständigt?«

»Die Londoner Behörden haben sich eingeschaltet und werden sicherlich inzwischen ihre Kollegen informiert haben.«

»Warum hat man sich noch nicht an mich gewandt?«

»Wahrscheinlich, weil man nicht unnötig Alarm schlagen und einen Skandal vermeiden will.«

Dieser Begriff ging der alten Dame ohne weiteres ein. Um einen Skandal zu vermeiden, konnte man sehr weit gehen.

»Haben sie dich gebeten, es mir beizubringen, Jamie?«

»Nein, ich kam, weil ich helfen wollte. Aber dazu brauche ich dich. Ich möchte mir gern Adèles Wohnung ansehen. Vielleicht finde ich doch irgendwelche Hinweise auf ihren Aufenthaltsort.«

Sie nickte. »Das ist kein Problem. Marie hat den Schlüssel. Sonst noch etwas?«

»Weißt du, wo sie stecken könnte?«

Sie lächelte ein wenig. »Wir sehen uns höchstens alle vierzehn Tage. Sie spricht nie über ihr Leben. Wir plaudern nur.«

Sie wandte sich an Jelena. »Sie machen ein trauriges Gesicht, meine Liebe. Vielleicht fürchten Sie sich vor all diesem Rummel um die andere Frau? Beruhigen Sie sich.« Sie lächelte mit offensichtlicher Anstrengung. »Er schaut jetzt glücklicher aus, als ich ihn je gesehen habe. Das machen nur Sie. Es mag kein Trost sein, aber ich habe meine Tochter nie ein böses Wort über ihn sagen hören. Adèle hat mir von Ihrer Schönheit erzählt. Sie hat recht gehabt.«

Seufzend stand Madame de Massu auf. Das Gespräch war zu Ende. Sie hinkte mit ihnen – ein Zeichen besonderen Wohlwollens – noch bis zur Tür.

Es war fast zehn. Hoult bog in die Rue du Sentier ein und wandte sich nach links in einen kleinen, kopfsteingepflasterten Hof. Nicht weit von hier hatten sie in der ersten Zeit ihrer Ehe gewohnt. Ob es Adèle wohl deshalb wieder in diese Gegend gezogen hatte? Er erkannte das Haus sofort. Die hellblauen Fensterläden, die Pelargonien, Lobelien und das Steinkraut, all das verriet Adèles Hand. Die blaßgrünen Blätter zweier junger Platanen wirkten fast durchsichtig im Licht der Straßenlaterne.

Der Schlüssel drehte sich leicht im Schloß, und er trat ein. Auf der Treppe roch es nach Äpfeln, und als er Licht machte, sah er ein Foto der Jungen an der Wand. Er betrachtete es nachdenklich. Es schien ihm fast unerlaubt, hinter ihrem Rücken in Adèles Haus einzudringen. Er hob den Deckel des Louis-Seize-Schreibsekretärs und öffnete die Schubladen. In den Fächern lagen sauber gebündelte Quittungen, Briefe von Freunden und Verwandten, Theater- und Konzertprogramme, Versicherungspolicen in Sichthüllen aus Plastik. Im obersten Schub fand sich Schreibpapier nebst allem, was zur Korrespondenz gehörte, im zweiten Fach ein versiegeltes Dokument – ihr Testament. Daneben lag ein ledergebundenes Tagebuch mit Messingschließen, aber kein Schlüssel. In einem Alkoven hingen vier Bücherbretter. Müßig streifte sein Blick über die Titel. Typische Frauenliteratur, bis auf einige historische Biographien. Kaum englische Werke, nur ein paar abgegriffene Krimis und Lehrbücher.

In dem schlichten Schlafzimmer fanden sich keinerlei Hinweise. An Bedrucktem lagen nur die französische Ausgabe von *Vogue* herum und die *Illustrated London News,* die letztere noch in ihrem Postumschlag.

Er kehrte zu dem Schreibsekretär zurück und setzte sich. Unter den Papieren hatte er einen Notizblock mit Einkaufslisten und Telefonnummern entdeckt. Er versuchte, das Tagebuch zu öffnen, aber das Schloß gab nicht nach. Noch brachte er es nicht fertig, es gewaltsam aufzubrechen. Wieder ging er die einzelnen Fächer durch, fand aber nichts Brauchbares. Er mußte sich gestehen, daß er auch nicht recht wußte, was er suchte. Langsam ging er zum Fenster. Er hatte Sehnsucht nach Jelena, aber es wäre ihm irgendwie unrecht vorgekommen, sie hierher mitzunehmen. Am Rande des Lichtkreises, den die Straßenlaterne warf, erkannte er einen Mann, der zu ihm hinaufsah und dann auf das Haus zuging. Gleich darauf klingelte es. Hoult zögerte. Es klingelte wieder, der Klang war beharrlich, ungeduldig.

Er machte auf. Der Mann lehnte an der Wand, eine Zigarette zwischen den Lippen. Hoult spürte seinen aufmerksamen Blick. Ehe er etwas sagen konnte, stellte der Besucher fest: »Sie sind sicher Hoult.«

»Und wer sind Sie?«

»Mein Name ist Beresford. Ich bin ein Freund von Layton. Es ist besser, wenn ich hereinkomme.«

»Sie sind Engländer?«

»Walliser.«

Hoult trat beiseite, und Beresford ging die Treppe hinauf. Im Wohnzimmer blieb er stehen. »Sie ist nicht da?«

»Nein.«

»Haben Sie eine Ahnung, wo sie sein könnte? Haben Sie etwas gefunden?«

»Leider nein.«

Beresford setzte sich an den Schreibsekretär und holte sämtliche Papiere heraus. Er griff nach dem Tagebuch. »Haben Sie einen Schlüssel dafür gefunden?«

»Nein.«

Er sah die Papiere durch, dann ging er in die Küche und holte sich ein Messer. Er schob die Klinge unter den Riegel, bewegte sie hin und her und drückte sie dann nach unten. Das Schloß gab nach und brach am Scharnier ab. Beresford zündete sich eine neue Zigarette an und blätterte das Tagebuch durch. Nach zehn Minuten klappte er es zu, legte es beiseite und griff nach dem Notizblock.

»Haben Sie die Telefonnummern überprüft?«

»Nein.«

Beresford wählte die erste Nummer, aber dort meldete sich niemand. Die zweite Nummer war ein Restaurant, bei den nächsten beiden Anschlüssen meldete sich niemand.

Er holte ein dünnes blaues Heft aus seiner Jackentasche, schlug es auf und wählte wieder. Er ließ sich einen Inspektor Mollet geben und bat ihn, die Liste der Telefonnummern zu prüfen. Zum Schluß gab er ihm Adèles Nummer und erbat seinen Rückruf.

In den nächsten zehn Minuten durchsuchte er sehr gründlich und professionell die ganze Wohnung. Als er fertig war, machte er es sich in einem Sessel bequem. Das Telefon stellte er vor sich auf den Boden.

»Haben Sie von hier aus schon Kontakt mit Layton aufgenommen, Sir James?«

»Nein, ich bin inoffiziell hier.«

»Wo wohnen Sie?«

»Im Hotel Duval, Rue des Capucines.«

»Sind Sie allein?«

»Nein, meine Frau hat mich hierher begleitet.«

»Und Sie suchen nach Adèle de Massu?«

»Ja.«

Das Telefon läutete. Beresford hob ab und machte sich Notizen. Dann sah er auf. »Klingt vielversprechend. Ein Anwalt. Fangen wir mit ihm an. Jouvet, Charles Jouvet. Er wohnt draußen in Neuilly.«

Er wählte. »Monsieur Jouvet?«

»Am Apparat.«

»Guten Tag, Monsieur, ich versuche, Madame Adèle de Massu zu erreichen. Soweit ich weiß, hat sie sich vor kurzem mit Ihnen in Verbindung gesetzt. Vielleicht können Sie mir helfen?«

»Wer spricht denn dort?«

»Mein Name ist Beresford. Ich habe die Jaguarvertretung in der Nähe der amerikanischen Botschaft. Aber im Augenblick rufe ich im Auftrag ihres früheren Ehemannes, Sir James Hoult, an. Es handelt sich um eine dringende Privatangelegenheit.«

»Es tut mir leid, da kann ich nicht helfen. Haben Sie es schon in ihrer Wohnung versucht?«

»Natürlich. Sir James und ich sind im Augenblick dort.«

»Haben Sie dazu die Erlaubnis?«

»Einen Moment, Monsieur. Haben wir die Erlaubnis, uns hier aufzuhalten, Sir James?«

»Ihre Mutter hat mir den Schlüssel gegeben.«

»Ja, Monsieur, Madame de Massu – ich meine Adèles Mutter – hat Sir James den Schlüssel zur Verfügung gestellt.«

»Schon gut. Trotzdem kann ich Ihnen nicht helfen.«

»Darf ich fragen, Monsieur, in welcher Angelegenheit sich Adèle de Massu an Sie gewandt hat?«

»Bedaure, das ist vertraulich. Aber ich glaube nicht, daß es für diesen Fall relevant ist.«

»Würden Sie die Entscheidung darüber bitte mir überlassen? Oder soll ich Inspektor Mollet bitten, Sie anzurufen? Allerdings lege ich wenig Wert auf Publizität.«

Einen Augenblick blieb es still. »Das ist wirklich sehr ungebräuchlich. Am besten kommen Sie morgen zu mir in die Kanzlei.«

»Monsieur, darf ich ganz offen sein? Es ist möglich, daß Adèle aus politischen Gründen unter Druck gesetzt worden ist. Ich bin für die zuständigen Behörden als Berater der Familie tätig.«

»Verstehe. Nun ja, es handelte sich um eine Kleinigkeit. Den Pachtvertrag für ein Ferienhaus. Ich habe ihn geprüft, er war völlig korrekt abgefaßt. Es tut mir leid – aber das war alles.«

»Wo befindet sich das Haus?«

»In Honfleur.«

»Erinnern Sie sich noch an die Adresse?«

»Da muß ich überlegen. Einen Augenblick. Ferme de... und irgend etwas Meteorologisches. Richtig, jetzt habe ich es. Ferme des Brumes.«

»Hat sie das Haus genommen?«

»Das weiß ich nicht. Ich hatte den Eindruck, daß sie nicht abgeneigt war, aber die Verhandlungen wollte sie mit der Besitzerin direkt führen.«

»War das zufällig eine Madame Saint Clair?«

»Ich glaube ja.«

»Vielen Dank, Monsieur.«

»Keine Ursache.«

Beresford nickte Hoult zu. »Ich glaube, wir kommen der Sache langsam näher. Guten Abend, kann ich bitte Madame Saint Clair sprechen?«

»Einen Moment bitte.«

»Juliette Saint Clair. Wer ist dort?«

»Guten Abend, Madame. Es geht um Ihr Haus in Honfleur. Ich hörte von Adèle de Massu, daß sie es für ein paar Monate nehmen wollte. Sollte sie es sich anders überlegt haben, würde ich mich dafür interessieren.«

»Bedaure, sie hat es bis September gemietet. Aber ich habe noch ein Haus in Lisieux, wenn sie sich das mal ansehen wollen...«

»Honfleur wäre mir lieber, Madame. Wo liegt das Haus eigentlich genau?«

»Sie kennen Honfleur?«

»Leider nicht.«

»Sie fahren in nördlicher Richtung, am Stadtpark vorbei, aus der Stadt heraus und lassen den Westdeich hinter sich. Nach sechs Kilometern biegen Sie an einer alten Scheune links ab. Ein kleiner Weg führt direkt zum Haus.«

»Herzlichen Dank, Madame.«

Beresford legte nachdenklich auf. »Dort wird sie sein, Sir James. Das bedeutet, daß sie die Situation in der Hand hat. Weshalb Krasin sie nach Solowjews Anruf nicht freigelassen hat, ist mir schleierhaft, aber das werden wir jetzt nicht klären. Ich schlage vor, daß ich gleich hinfahre und versuche, sie zu finden. Es könnte Schwierigkeiten geben, wenn die beiden Sie sehen. Ihre Anwesenheit ist erst dann wirklich nützlich, wenn wir uns größere Klarheit über die Sachlage verschafft haben. Wir haben schon so genug Probleme.«

»Zum Beispiel?«

»Layton ist weder für Krasin noch für Ihre geschiedene Frau zuständig. Sie sind Ausländer in einem fremden Land. Jetzt müssen die Franzosen sich um die Sache kümmern.«

Hoult stimmte widerstrebend Beresfords Vorschlag zu. Dieser notierte sich Hoults Adresse und Telefonnummer und versprach, sich so bald wie möglich zu melden.

Es war fast zehn, als Beresford den Wagen abstellte. Beim Frühstück hatte er einen schönen Blick auf die Place St. Catherine. Schon hatten sich die ersten Touristengruppen eingestellt, um die alte Kirche zu besichtigen. Die ungeduldigen Zimmerleute von Honfleur hatten die Kirche, mit der sie Gott für den Frieden und den Abzug der Engländer nach dem Hundertjährigen Krieg hatten danken wollen, aus Holz gebaut. Die Sonne legte einen tiefen Glanz auf die braunen Wände. Es versprach ein heißer Tag zu werden, und um den Platz herum stellte man zusätzliche Tische auf.

Er bat um ein Telefonbuch und suchte vergeblich den Namen Saint Clair darin. Wahrscheinlich hatte das Ferienhaus keinen Telefonanschluß.

Von Adèle de Massu besaß er den schlechten Abzug eines alten Fotos, von Krasin nur eine Beschreibung. Er versuchte sich vorzustellen, was sich in diesem Augenblick in dem Ferienhaus abspielen mochte, während er langsam an der Mole entlangfuhr. Bald wurde die Bebauung spärlicher, und die Straße schlängelte sich durch offenes Land. Einen Kilometer hinter der Scheune stieg er aus und ging zu Fuß weiter. Die Hitze lag flimmernd über den Feldern, die schwerfälligen Rinder der Normandie grasten friedlich auf den saftigen Wiesen. Früher als er erwartet hatte kam er zu dem Zaun und dem halb eingesunkenen geöffneten Tor.

Von dem Ferienhaus war nichts zu sehen. Der weiße Nebel lag dicht über einem ungepflegten Obstgarten. Vergeblich versuchte er sein Glück mit dem Fernglas. Es war der Nebel, nicht die Entfernung, der das Haus seinen Blicken entzog.

Fast eine Stunde später tauchten die Umrisse des Hauses aus dem Dunst hervor. Beresford legte sich hinter einem der knorrigen Obstbäume auf den Bauch und richtete sein Glas auf das lange, niedrige Gebäude. Es war ganz aus Stein gebaut, um Eroberern und den Winterstürmen der Normandie trotzen zu können. Fenster und Tür waren geschlossen. Nichts rührte sich.

Zwei Stunden lag er im feuchten Gras, ehe sich etwas regte. Es war eine Frau. Er erkannte sie sofort. Sie ging zur Scheune, und er sah den kleinen Wagen, als sie die schwere Tür öffnete. Man hatte nicht den Eindruck, daß sie sich als Gefangene fühlte. Dann kam Krasin heraus. Auch ihn erkannte er nach der Beschreibung. Er sagte etwas zu der Frau und lehnte sich gegen die Scheunentür. Sie sah zu ihm auf und lachte.

Laut Layton und Hoult war Krasin Adèles Entführer und Gefangenenwärter gewesen. Von Solowjew hatte er den Befehl bekommen, sie freizulassen. Und nach den Unterlagen der Franzosen war Krasin überhaupt nicht in ihr Land eingereist. Aber mit diesem Durcheinander sollte sich gefälligst Layton befassen.

Langsam ging Beresford zurück zu seinem Wagen. Niemand begegnete ihm. Er fuhr durch Honfleur hindurch südlich bis Barneville, wo er sich in der *Auberge de la Source* ein Zimmer nahm. Es dauerte eine Stunde, bis er die Verbindung mit Layton bekommen hatte, der versprach, mit den Kollegen in Paris Kontakt aufzunehmen.

Eine Stunde später meldete sich Layton wieder. Die Franzosen konnten sich nicht entscheiden, welche Stelle für den Fall zuständig war. Mit einer Antwort war erst am nächsten Tag zu rechnen. Die Sicherheitsbehörden legten keinen gesteigerten Wert darauf, sich mit Krasin zu befassen. Die Entspannungspolitik gegenüber der Sowjetunion war dem Quai d'Orsay wichtiger. Außerdem arbeitete ja Krasin nicht gegen die Franzosen. Weshalb sollten also die französischen Sicherheitskräfte für die britische Abwehr die Kastanien aus dem Feuer holen? Layton hatte vorsichtig angedeutet, bei weiterer Hinhaltetaktik würde er Beresford Anweisung geben, sich direkt mit Adèle de Massu in Verbindung zu setzen. Ein weiteres Problem bestand darin, daß aus den Akten nicht klar hervorging, ob Adèle de Massu ihre durch die Heirat mit Hoult erworbene britische Staatsbürgerschaft beibehalten hatte oder nicht. Man bezweifelte von französischer Seite die Zuständigkeit der britischen Abwehr. Der Fall drohte sich zu einem jener wütenden internationalen Gerangel auszuwachsen, von denen die Öffentlichkeit nie erfährt, die aber über Jahre schweren Schaden anrichten können.

Beresford rief Hoult an, erstattete ihm kurz Bericht und versuchte ihn davon zu überzeugen, daß bisher alles wunschgemäß lief.

Ein Mann vom französischen Geheimdienst SDECE rief eine bestimmte Nummer in der sowjetischen Botschaft in London an. Zehn Minuten später ging eine chiffrierte Kurzwellenbotschaft über Funk an die sowjetische Botschaft in Paris. Der Botschafter befand sich in einer Sondervorstellung von *Phèdre* im Théâtre de France, und ein KGB-Major wurde zu seinem Chauffeur geschickt, der die Erlaubnis erhalten hatte, den Wagen im Jardin de Luxembourg zu parken. Aber es wurde Mitternacht, ehe der Botschafter den Empfang im Theater verließ. Er las die Meldung auf der Rückfahrt zur Botschaft, und der Major bekam seine Anweisungen. Er hatte seinen Wagen an der Metrostation Belleville abgestellt und ging zu Fuß durch die engen Straßen zum Haus. Dort klingelte er. Lange. Um zwei Uhr morgens liegen die meisten Menschen im Tiefschlaf. Es dauerte etliche Minuten, ehe oben in einem Zimmer Licht gemacht wurde. Jemand, der Pantoffeln an nackten Füßen trug, schlurfte die Treppe hinunter.

»Qui est là?« fragte eine rauhe Stimme.

»Les amis de la France«, antwortete er leise. Er mußte noch einmal eine Weile warten, bis die vorgelegte Kette rasselnd ausgehakt wurde. Der Alte musterte ihn genau, mit offenem Mund, dann trat er zurück und bat ihn hinein.

Kusnezow, nur mit Hemd und Hose bekleidet, fröstelte, während er die Instruktionen entgegennahm. Zum Schluß übergab ihm der Mann von der Botschaft die Meßtischblätter, die Luger und die drei Schachteln Munition.

Kusnezow prüfte die Waffe. Es war die kurze PO 8, die Patronen hatten einen Zinküberzug über einem Bleikern. Tödlich, aber nicht auf Anhieb. Wenn man seinen Mann traf, konnte der immer noch zurückschießen, ehe er starb. Er bedauerte, daß sie ihm nicht einen Revolver gegeben hatten. Resigniert nahm er die Sachen mit hinauf und legte sich wieder hin. Es würde morgen ein langer Tag werden, und er mußte fit sein. Es war nicht das erste Mal, daß er tötete, aber bisher war es immer im Nahkampf und unbewaffnet geschehen. Ich hätte beim Unterricht über Handfeuerwaffen besser aufpassen sollen, dachte er, während ihm die Augen zufielen.

Jelena hörte zu, als Hoult mit Beresford telefonierte. Krasin und Adèle zusammen in einem einsamen Haus am Meer – das hörte sich an wie eine Operettenhandlung. Sie spürte, daß keine Gefahr bestand. Und weil sie eine Frau war und Krasin kannte, fragte sie sich, ob er mit der geschiedenen Frau ihres Mannes geschlafen hatte. Damit hätte sich der Kreis – auf sinnlose, abscheuliche Art – geschlossen.

Erleichtert stellte sie fest, daß Hoult offenbar nicht mehr so deprimiert war. Er ging mit ihr in ein kleines Restaurant zum Essen, dabei war er fast heiter.

»Bist du wieder glücklich, Jamie?«

Er griff lächelnd nach ihrer Hand.

»Es ist bald zu Ende. Adèle wird ihre Freiheit wieder erlangen, wenn sie nicht schon frei ist. Und damit endet meine Verantwortung.«

»Wirst du zu ihr fahren?«

Er legte den Kopf zur Seite, und sie mußte plötzlich an Moskau denken, an jenen Abend, als er sich für die betrunkenen Schlachtenbummler eingesetzt hatte.

»Wir fahren morgen nach Honfleur und werden uns davon überzeugen, daß alles in Ordnung ist. Dann verreisen wir ein paar Wochen und überlegen uns, wo wir in Zukunft leben wollen.«

»Nicht in England?«

Er schüttelte den Kopf und mied ihren Blick. »Nein. Mein Anwalt kann dort alles Notwendige erledigen. Wo möchtest du gern leben, Liebes?«

»Könnten wir in Frankreich bleiben?«

»Das wäre gar nicht so dumm. Du sprichst ja hervorragend Französisch. Und wo?«

»In Paris könnte ich mich sehr wohlfühlen.«

Er streichelte leise ihre Hand. »Gut, Liebes. Dann ist es schon entschieden.«

14

Beresford hörte sich die Acht-Uhr-Nachrichten der BBC an. Der nationale Notstand würde um Mitternacht auslaufen. Den manipulierten Genossen in den Gewerkschaften war es nicht gelungen, einen Generalstreik durchzusetzen. Die Masse der Arbeiter hatte jetzt endgültig genug. Zwei Kabinettsminister waren zurückgetreten. Das BBC-Fernsehen, das vierundzwanzig Stunden lang ausgefallen war, würde ab Mittag wieder senden. Das Pfund hatte über Nacht an der New Yorker

Devisenbörse den fast unglaublichen Kurs von 2,50 Dollar erreicht. Und Boycott war zum Kapitän des letzten Testspiels gegen die Australier ernannt worden.

Kurz nach zehn rief Layton an. Die französischen Sicherheitsbehörden waren nicht bereit, sich an Krasin die Finger zu verbrennen. Wenn SIS etwas unternehmen wollte, würde man beide Augen zudrücken. Falls er illegal das Land betreten hatte, sollte man es darauf ankommen lassen, daß er im Netz der Polizei hängenblieb. Adèle de Massu war durch ihre Eheschließung britische Staatsbürgerin geworden und damit für die Franzosen uninteressant.

Layton hatte sich inoffiziell mit dem französischen Kollegen beraten, der in London die SIS-Operation gegen die Subversionskräfte beobachtet hatte. Dieser hatte trocken darauf hingewiesen, daß der französische Industrieminister sich zur Zeit in Moskau aufhielt, um einen Handelsvertrag im Wert von 500 Milliarden Francs zu unterzeichnen. »Seien Sie vorsichtig, Beresford«, sagte Layton. »Sehen Sie zu, daß Sie nicht mit der Ortspolizei in Konflikt kommen. Wir brauchen nur festzustellen, ob Madame de Massu sich tatsächlich frei bewegen kann – mehr nicht. Wenn Sie Zweifel haben, können Sie ihr ja anbieten, sie nach Paris zurückzubegleiten.«

»Soll ich Hoult informieren?«

»Kann nicht schaden. Aber geben Sie ihm bitte nur die Fakten. Tun Sie so, als ob wir ihn hier freundlich aufnehmen würden, und lassen Sie ihn bis zu seiner Rückreise beobachten.«

»Wollen Sie ihn verhaften?«

»Allerdings. Er gehört hinter Schloß und Riegel, genau wie die anderen.«

Adèle de Massu war eine Lady, was sie allerdings nicht daran hinderte, sich unbewußt darüber zu freuen, daß Krasins Zärtlichkeiten das Konto wieder ausgeglichen hatten. Es war nicht der Grund dafür, daß sie auf seine Annäherungsversuche reagiert hatte. Das hatte sich ganz selbstverständlich in dieser ersten Nacht im Ferienhaus ergeben. Daß er es nicht erwarten konnte, bis sie sich ausgezogen hatte, war für eine Frau von vierzig schmeichelhaft; er erregte sie in einer Weise, wie es ihrem Mann nie gelungen war.

Sie sah ihn an, während er schlief. Das wellige Haar, der sinnliche Mund, das Gesicht, in dem die Erfahrung ihre Spuren hinterlassen hatte – ja, er war zweifellos ein gutaussehender Mann. Ein wenig erinnerte er sie an Charles Boyer. Jetzt drehte er sich um, ein Sonnenstrahl, der durch die Fensterläden fiel, traf sein Gesicht, und er öffnete langsam die Augen und griff nach ihr. An James Hoult dachte sie nicht mehr, während sie sich leidenschaftlich an den Mann aus Moskau klammerte.

Später aßen sie eine Kleinigkeit und gingen in der Mittagshitze zum Watt. Tausend kleine Rinnsale liefen hinter der zurückweichenden Flut her, und die Sonne setzte goldene und silberne Glanzlichter auf den welligen Sandboden, über den sie mit nackten Füßen gingen.

Krasin sah, wie schön sie war, wie ihre Augen glänzten. Ja, vielleicht konnte man hier in Frankreich wirklich überleben. Sie strahlte ihn an wie ein verliebtes junges Mädchen.

»Sag mir, was du denkst, Viktor.«

»Ich überlegte gerade, ob es schwierig wäre, einfach hierzubleiben. Und ob ich Arbeit finden würde.«

»Ach, da gibt es bestimmt keine Probleme. Du hast Talent und viel Erfahrung, und wir haben ja auch einen gewissen Einfluß. Die Bank finanziert Filme und hat ihre Finger in allen möglichen künstlerischen Unternehmungen. Überlaß nur alles mir.«

Adèle de Massu überlegte bereits, ob der Bischof von Angoulême, der um zwei Ecken herum ihr Onkel war, es möglich machen würde, daß sie zum zweiten Mal in Weiß heiraten konnte.

Wenn man ein Fahrrad auf den Rücksitz eines Fiat 500 bugsieren will, muß man die Lenkradmutter lösen und ziemlich heftig schieben und jonglieren. Ein Spaß ist das nicht.

Zweimal hatte Kusnezows Wagen auf der langen Fahrt von Paris hierher gestreikt. Er hatte einen neuen Ventilatorriemen und bei der zweiten Panne neue Zündkerzen kaufen müssen. Da er eine Stunde Verspätung hatte, rollte er ohne Aufenthalt durch Honfleur und parkte hinter dem Deich nördlich der Stadt.

Er aß im Wagen seine belegten Brote und trank eine Dose Bier dazu. Dann schaltete er das Radio ein und versuchte, den Nachrichten zu folgen, aber mit seinem Französisch kam er nur zurecht, wenn er die Zeichensprache zu Hilfe nehmen konnte. Immerhin ließ sich der häufigen Erwähnung von Worten wie *Londres, Moscou* und *provocateurs* entnehmen, daß dort nicht alles so lief, wie es laufen sollte. Er drehte an der Skala herum, erwischte aber keine Sprache, die er verstehen konnte. Dann schaltete er auf die Langwelle um und stellte die BBC ein. Die Nachrichten waren vorbei, sie wiederholten gerade noch einmal die wichtigsten Meldungen. Zum ersten Mal seit drei Tagen war er froh, nicht in Moskau zu sein. Das Politbüro würde Andropow die Hölle heiß machen. Sie hatten den Londoner Botschafter »zu Beratungen« abberufen, und das Leningrader Symphonieorchester war von seiner auf sechs Wochen geplanten Gastspielreise nach nur einem Konzert in die Heimat zurückbeordert worden.

Kusnezow nahm alle Patronen aus den Schachteln und säuberte sie sorgfältig mit einem geölten Lappen. Dann lud er das Magazin, schob es in den Schaft zurück und ließ die erste Kugel in den Lauf gleiten.

Zum letzten Mal studierte er das Meßtischblatt, maß die Entfernung zwischen Scheune und Tor, zwischen Tor und Haus. Müßig sah er hinaus aufs Meer, und dabei fiel ihm noch etwas ein. Er holte den Plastikumschlag aus dem Handschuhfach. Laß noch einmal vierundzwanzig Stunden verstreichen, hatten sie gesagt, und schlag dich dann nach Le Havre durch. Mit den gefälschten Papieren sollte er als Seemann auf einem sowjetischen Holzfrachter anheuern, der gerade im Hafen gelöscht wurde.

Sie waren schon fast wieder am Haus, als sie stehenblieb und ihn ansah. »Wollen wir morgen nach Paris zurückfahren? Du kannst in meiner Wohnung warten, während ich deine Papiere in Ordnung bringen lasse.«

»Und dann?«

»Du kannst bleiben, solange du willst«, flüsterte sie.

Er legte ihr die Hand auf die Schulter. »Weißt du, was du da sagst, Adèle?«

»Ja, das weiß ich.«

»Und deine Mutter, deine Freunde?«

»Sie werden dich herzlich aufnehmen, Viktor, darüber brauchst du dir keine Sorgen zu machen. Wir werden ein ganz normales Paar sein. Endlich fühle ich mich wieder lebendig.«

Er seufzte. »Du darfst nicht noch einmal enttäuscht werden.«

»Ja, würdest du mich denn enttäuschen?«

Er schüttelte lächelnd den Kopf. »Nein, nie...«

»Komm, gehen wir zurück.«

Sie öffneten eine Flasche Wein und schmiedeten Zukunftspläne. Dann ging Krasin ins Schlafzimmer und legte sich hin. Er hatte das Gesicht zum Fenster gedreht, wo die Efeublätter, von einer leichten Brise bewegt, Schattenrisse auf die Fensterläden zeichneten. Wie ruhig es war, wie friedlich, wie schön. Er schloß die Augen und schlief sofort ein.

Fluchend zerrte Kusnezow das Rad vom Rücksitz. Als er den Lenker wieder angebracht hatte, schwang er sich in den Sattel, radelte bis zur Scheune, bog links ab und fuhr bis zum Ende des holperigen Weges. Ohne den Kopf zu wenden, fuhr er am Tor vorbei und einen kleinen Hügel hinunter. Dort lehnte er das Rad gegen ein Steinmäuerchen, setzte sich und zündete sich eine Zigarette an. Zuerst sah er über das Watt auf die See hinaus, dann folgte er mit den Blicken dem Flug einer Möwe, bis er das Haus sehen konnte. Die Tür war angelehnt, aber innen rührte sich nichts.

Er wartete fast eine Stunde, dann sah er einen Mann, der einen Augenblick an der Scheune stehengeblieben war und dann das Haus durch die geöffnete blaue Tür betrat. Kusnezow ging wieder zu seinem Fahrrad.

Hoult atmete erleichtert auf, als sie die Scheune gefunden hatten. Er lehnte sich noch einmal zu Jelena hinüber und gab ihr einen Kuß. »Bin gleich wieder da, Liebes. Hab' keine Angst.«

Er ging mit schnellen Schritten durch die sonnendurchglühte Landschaft, eine kleine Staubwolke hinter sich aufwirbelnd. An der Wegbiegung drehte er sich noch einmal um, winkte Jelena zu, und dann war er verschwunden.

Gras überwucherte die unterste Stange des eingesunkenen Tores. Es sah aus, als habe seit Monaten niemand daran gerührt. Hoult hatte die Sonne im Rücken. An der Fassade des Hauses rankten Efeu und wilder Wein. Die blaue Tür war angelehnt, an der Hausmauer stand eine verwitterte Bank. Ob sie ihn beobachtet hatten?

An der Tür zögerte er einen Augenblick, dann trat er ein. Gegen die gleißende Helle draußen kam ihm das Zimmer dunkel vor. Aus einem Nebenraum hörte er das Klappern von Geschirr. Dort mußte die Küche sein. Gleich darauf kam Adèle herein, ein Brot in der Hand. Sie blieb mit weit aufgerissenen Augen und geöffnetem Mund stehen.

»Ich bin es nur, Adèle. Ich bin gekommen, um nach dir zu sehen.«

Sie schloß einen Augenblick die Augen und seufzte tief auf. Einen Augenblick fürchtete er, sie könnte ohnmächtig werden. Aber dann ging sie langsam zum Tisch und legte das Brot hin. »Du hast mir einen schönen Schrecken eingejagt, Jamie«, sagte sie. »Wie ein Gespenst bist du dahergekommen.«

Er lächelte. »Alles in Ordnung, Adèle?«

»Ja, Jamie. Er hat nicht getan, was sie verlangten.«

»Wo ist er?«

Sie deutete mit einer Kopfbewegung zu der geschlossenen Tür. »Er schläft.«

»Was ist geschehen?«

»Ein Russe rief uns aus London an. Es hieß, ich sollte freigelassen werden. Aber er hat irgendein Kodewort benutzt, aus dem hervorging, daß er unter Druck sprach. Und das bedeutete, daß Viktor mich eigentlich hätte umbringen müssen.«

»Und?«

»Er ist kein Killer, Jamie. Jetzt ist er auf der Flucht. Ich werde ihm helfen.«

»Und du? Wie steht es mit dir?«

»Mir geht es gut, ich –.« Durch die Tür fiel ein breiter Streifen Sonnenlicht, und er sah, wie sich Adèles Augen vor Schreck weiteten. Ihr Mund öffnete sich zu einem Schrei, sie hob die Hand, als wolle sie einen Schlag abwehren – und das war das letzte Bild, das Hoult in seinem Leben sah. Zwei Kugeln schlugen in seinen Rücken, eine in seinen Hinterkopf ein.

Beresford hielt neben Hoults Wagen an. Er erkannte Jelena sofort nach der Beschreibung, stieg aus und trat zu ihr heran.

»Sie sind sicher Lady Hoult, Madame.«

»Ja, und wer sind Sie?«

»Ein Freund Ihres Mannes. Mein Name ist Beresford. Wo ist er?«

Eine plötzliche, unerklärliche Furcht erfaßte sie. »Er ist zum Haus gegangen.«

»Ist er allein?«

»Ja. Ich sollte hier warten.«

»Dann kommen Sie doch mit mir. Ich gehe jetzt auch hin. Wir könnten –« Sechs Schüsse zerrissen die Sommerstille, erst drei, dann noch einmal drei.

»Verdammt! Rücken Sie beiseite!« Beresford setzte sich ans Steuer, gab Gas, raste auf das Haus zu, rollte durch das geöffnete Tor. Sie waren fast angelangt, als ein Mann herausgetaumelt kam, barfuß, nackt bis zu den Hüften, das Gesicht weiß und verzerrt. Während sie anhielten, brach er zusammen und stürzte zu Boden. Beresford sprang aus dem Wagen und kniete neben ihm nieder. Der Mann versuchte, sich aufzurichten und deutete zum Haus. »Großer Gott«, stöhnte er. »Großer Gott.« Dann fiel er wieder zurück. Beresford setzte sich in Bewegung. »Bleiben Sie hier«, rief er Jelena zu. »Steigen Sie nicht aus.« Im Laufen zog er einen Revolver aus der Innentasche seiner Jacke.

Die Tür stand weit offen. Hoult lag mit dem Gesicht nach

unten, die Arme nach der Frau ausgestreckt. Adèle de Massau war von einer Kugel in den Mund, einer zwischen die Augen, einer in den Hinterkopf getroffen worden. Ihre Kleidung war blutüberströmt.

Beresford durchsuchte das Haus, schaute in die Schränke, unter die Betten, in jeden Raum, umkreiste zweimal das Gebäude, sah in die Scheune, in den Wagen. Kein Mensch war zu sehen. Der Mann, der ihnen entgegengekommen war, mußte Krasin sein. Er hatte demnach Hoult ermordet. Aber warum? Hätte Hoult vorgehabt, Gewalt gegen Krasin anzuwenden, hätte er nie seine Frau mitgebracht. Vielleicht hatte Krasin den Kopf verloren. Oder –

Beresford ging rasch zurück ins Haus, beugte sich über die Frau und zog kurz ihren Rock hoch. Dann ging er über den holprigen Weg zurück.

Jelena kniete neben Krasin und wischte ihm mit einem kleinen Taschentuch das Gesicht. Beresford trat zu ihnen. »Sie sind Viktor Krasin?« Der Mann nickte.

»Kommen Sie bitte mit ins Haus.«

Er stützte den Taumelnden, und Jelena folgte ihnen, ehe er sie zurückhalten konnte. Er hörte sie aufschreien und schob Krasin ins Schlafzimmer.

Jelena kniete neben Hoult nieder und streichelte ihn. Sie schüttelte langsam den Kopf, und zwischen ihren Schluchzern vernahm er russische Worte. Sie hörten sich an wie ein Gebet.

Er beugte sich über sie und griff nach ihrer Hand. Sie sah auf. »War es Krasin?«

»Mit ziemlicher Sicherheit nicht. Ich glaube, daß er zu der Zeit im Schlafzimmer war und schlief.«

Sie nickte. »Aber es waren die Russen?«

»Ich glaube ja.«

Er half ihr behutsam auf. Ihre Lippen zitterten. »Wann werdet ihr endlich die Wahrheit über diese Schweine in Moskau erkennen?« flüsterte sie.

»Einige von uns haben sie längst erkannt, Lady Hoult.«

»Was geschieht jetzt? Mit Jamie, meine ich.«

»Wenn es Ihnen recht ist, kümmere ich mich um die notwendigen Formalitäten.«

»Wird er ein ordentliches Begräbnis bekommen? Ein kirchliches, meine ich?«

»Natürlich. Es wäre vielleicht am besten, wenn er hier in der Nähe begraben werden könnte.«

Sie nickte, und die Tränen begannen wieder zu fließen. Dann langte sie mit einer Hand nach hinten und löste den Verschluß der Kette mit dem goldenen Sovereign. »Ich möchte, daß er das mitbekommt.«

Beresford schob das Schmuckstück schweigend in die Tasche. »Sie kennen Krasin gut, Lady Hoult?«

Sie nickte stumm.

»Er wird Probleme haben. Wir werden versuchen, uns mit Moskau zu einigen, aber er wird lange Zeit sehr verstört sein. Würden Sie ihm in den nächsten Tagen helfen?«

Sie sah seufzend zum Fenster. »Ja«, sagte sie schließlich. »Ich werde ihm helfen.«

Sie ging mit dem Engländer ins Schlafzimmer. Krasin zitterte heftig. Beresford wickelte ihn in eine Decke, obgleich das Zimmer heiß war wie ein Brutkasten.

»Sagen Sie mir, was geschehen ist.«

»Ich schlief. Ich hörte Schüsse. Zuerst habe ich gedacht, ich träume, dann bin ich aufgestanden, um nach Adèle zu sehen. Und dann habe ich sie gefunden...«

»War Hoult hier, ehe Sie sich schlafenlegten?«

»Nein, wir waren ganz allein.«

»Haben Sie jemanden kommen oder gehen hören?«

»Nein. Ich schwöre, daß ich nichts gehört habe als die Schüsse.«

»Wie viele Schüsse haben Sie gehört?«

»Zwei oder drei.«

»Haben Sie nach einer Waffe gesucht?«

»Nein. Ich habe die Nerven verloren und bin hinausgelaufen.«

»Wo wollten Sie denn hin?«

»Hilfe holen.«

»Wo?«

»Ich weiß es nicht. Irgendwo eben...«

»Haben Sie eine Waffe, Krasin?«

»Ja.«

»Wo ist sie?«

»In meiner Jacke.«

»Und wo ist die?«

Er sah sich ratlos um, dann deutete er auf einen Korbsessel in der Ecke.

Beresford tastete die Jacke ab und fand eine Walther PPK. Er schnupperte am Lauf. Kein Geruch. Er ließ das Magazin herausgleiten. Es war voll. In der Federnute saß sogar ein bißchen Staub. Er nahm alle Patronen heraus. Sie waren trocken und stumpf. Aus dieser Pistole war seit Monaten nicht mehr geschossen worden. Sie war ungepflegt. Kein Killer würde sich mit einer solchen Waffe auf den Weg machen.

Beresford prüfte die Reifen des 2 CV. Sie waren ziemlich abgefahren. Wahrscheinlich ein Leihwagen. Er ging zurück zu seinem eigenen Fahrzeug und näherte sich dann wieder langsam dem Haus, im Gehen die Fußabdrücke betrachtend. Er verfolgte die Reifenspuren, die zur Haustür und dann zurück zum Tor gingen. Das war etwas für die Polizei. Langsam ging er zurück ins Haus.

Krasin hatte sich angezogen und gekämmt. Sein Gesicht hatte wieder etwas Farbe.

»Haben Sie hier ein Fahrrad benutzt?«

Krasin schüttelte den Kopf.

»Hat jemand Ihnen etwas geliefert? Milch, Lebensmittel oder dergleichen?«

»Nein, es war niemand hier.«

»Doch, es war jemand hier. Heute. Wie lautete die Kodenachricht über Adèle de Massau?«

»Ich hatte von Anfang an Order, sie zu töten, und die Kodenachricht war eine Bestätigung dieser Anweisung.«

»Und warum haben Sie diese Order nicht ausgeführt?«

Krasin hob die Schultern. »Ich habe es nicht fertiggebracht. Statt dessen sind wir hierhergefahren.«

Beresford seufzte. Er hatte seiner Familie versprochen, heute abend wieder zurück zu sein, aber es gab noch viel zu klären.

»Was hatten Sie für Pläne, Mr. Krasin?«

»Ich wollte mir neue Papiere beschaffen und mir in Paris einen Job suchen.«

»Und jetzt?«

»Es muß wohl dabei bleiben.«

Beresford nickte und wandte sich an Jelena. »Können Sie den Wagen fahren, in dem Sie gekommen sind, Lady Hoult?«

»Ich denke schon.«

»Gut. Nehmen Sie meinen Wagen und fahren Sie damit bis zu der Stelle, an der Ihr Fahrzeug steht. Dann steigen Sie in Ihr Auto um. Fahren Sie durch Honfleur hindurch und folgen Sie dem Schild nach Barneville-la-Bertan. In der *Auberge de la Source* nennen Sie meinen Namen und lassen sich für eine Woche ein Zimmer geben. Wir treffen uns dort gegen acht oder neun.«

Jelena stand auf und ging zur Tür. »Mr. Krasin kommt gleich nach«, sagte Beresford noch. Sie ging langsam und schwankend, wie betäubt.

»Noch eine Frage, Krasin. Haben Sie mit Adèle de Massu geschlafen?«

»Ja.«
»Heute?«
»Ja.«
»Okay. Gehen Sie jetzt. Und verlassen Sie Ihr Hotelzimmer nicht, bis ich komme.«

Beresford hatte die Patronenhülsen gefunden, ein tschechisches Fabrikat. Er ging zurück zu seinem Wagen und fuhr nach Honfleur. Von einer öffentlichen Telefonzelle aus meldete er sich bei Inspektor Mollet. Eine der Segnungen einer Beinahdiktatur ist es, daß sich solche Dinge »arrangieren« lassen. Mollet hörte ihn an, ohne ihn zu unterbrechen, und steckte dann die »Entscheidungsparameter« ab, wie er es nannte. Sie hatten nicht die Absicht, Moskau in der gegenwärtigen Situation noch mehr aufzubürden. Krasin würde neue Papiere bekommen, damit er seinen Unterhalt verdienen konnte. Da immerhin damit zu rechnen war, daß die Russen, nachdem sie den Falschen erwischt hatten, endgültig reinen Tisch machen wollten, würde man dem sowjetischen Botschafter einen diskreten Tip geben, den Mann lieber in Ruhe zu lassen. Die derzeitige Lady Hoult war britische Staatsbürgerin, sie konnte hierbleiben oder das Land verlassen, ganz wie sie wünschte. Um Hoult und Adèle de Massu mußte sich London kümmern. Nach Ansicht des französischen Geheimdienstes war sie nach wie vor Britin. Er persönlich, meinte der Inspektor, würde eine kurze Leichenschau in Honfleur empfehlen, die Möglichkeit eines Selbstmordpaktes könnte angedeutet werden. Bei geschickter Handhabung würde das kaum Staub aufwirbeln. Die britischen Medien hatten zur Zeit genug Material und würden für den Fall kaum zwei Absätze übrighaben. Aber das mußte Layton entscheiden.

In der *Auberge de la Source* wartete Beresford ungeduldig auf Laytons Rückruf. Es war fast elf, ehe er sich meldete. Ja, sie waren mit Mollets Plan einverstanden.

In knapp fünf Minuten hatte er Krasin und Lady Hoult die Situation erläutert; sie waren geistig und körperlich zu erschöpft, um etwas dazu zu sagen.

Beresford ging über den Gang zu seinem eigenen Zimmer, nahm den Schlips ab, knöpfte den Hemdkragen auf und legte sich aufs Bett. Immer erwischen Typen wie Hoult die hübschesten Mädchen, dachte er. Bildschön, die verwitwete Lady Hoult – die blauen Augen, die kecke kleine Nase, der volle, sinnliche Mund, die langen, langen Beine. Vielleicht brauchte sie einen Mann, und dann... Aber da war er schon eingeschlafen.

Hoult wurde auf dem Friedhof von Honfleur begraben. Seine Söhne waren von Kalifornien herübergekommen, ein paar ernsthafte Herren waren da, die Jelena nicht kannte, und das war alles. Man hatte sie in das Hotel in Pont l'Evêque zurückgefahren, wo Krasin auf sie wartete.

Sie hatten sich für ein paar Tage im *Aigle d'Or* in der Rue de Vaucelles eingemietet. Krasin hatte seine Papiere bekommen und eine Stellung im französischen Rundfunk ORTF in Aussicht. Er hatte lange Gespräche mit den beiden französischen Sicherheitsdiensten geführt, von denen er, nachdem er ein paar Namen genannt und ein bißchen Hintergrundinformation geliefert hatte, glimpflich behandelt worden war. Trotzdem war seine Stimmung düster. Während seine praktischen Schwierigkeiten abnahmen, wurde seine Abhängigkeit von Jelena immer stärker.

An diesem Abend gingen sie nach dem Essen über die Felder, an den Hecken entlang, und setzten sich ans Flußufer, mit Blick auf ein Kornfeld. Er sah sie nicht an. »Willst du bei mir bleiben, Jelena?«

Sie griff nach seiner Hand. »Ja, ich bleibe bei dir, Viktor.«

Er zupfte lange Grashalme ab und fuhr mit den Fingerspitzen über ihre scharfen Kanten. »Wir sind wie die Überlebenden eines grausigen Krieges. Die einzigen Überlebenden. Nur wir beide wissen, was geschehen ist. Wir haben sonst niemanden, mit dem wir darüber sprechen können.«

Er sah sie an, und ihr kam ein Gedanke, den sie nicht aussprach. Er war alles, was ihr von Jamie Hoult geblieben war.

Nick Carter

Kein Lösegeld fürs Superhirn

Ullstein Krimi 1905

In allen Buchhandlungen

ein Ullstein Buch

GROSSE AUKTION

Objekt: Gregor Salobin, russischer Wissenschaftler mit unbezahlbaren Kenntnissen über das russische Atomraketenabwehrsystem
Mindestangebot: fünf Millionen Dollar
Besitzer: Janos Korda, Menschenhändler
Die Bieter:
die Amerikaner – mit Salobins Kenntnissen gewinnen sie einen nicht einzuholenden Vorsprung über die Russen.
die Russen – sie können es sich nicht leisten, daß ihre geheimsten Informationen in die Hände ihrer Gegner gelangen.
die Chinesen – mit Salobins Wissen über die Geheimwaffen können sie die verhaßten Russen in die Knie zwingen.

Einer bringt die Auktion durcheinander: Nick Carter. Er will Salobin kostenlos, doch umsonst ist nur der Tod – sein eigener.

Ted Allbeury

Agenten sind treue Feinde

Ullstein Krimi 1884

In allen Buchhandlungen

Ted Bailey arbeitet erfolgreich als Werbefachmann, und seine Zeit beim britischen Geheimdienst ist nur noch Erinnerung.
Doch seine Leute haben ihn nicht vergessen. Sie brauchen ihn für eine große Sache. Als er nicht mitmachen will, erpressen sie ihn. Denn nur er kennt von früher Moskaus Superspion Louis Berger von Angesicht zu Angesicht. Unerkannt plant der Russe in England einen großen Coup.
Ted kommt ihm noch rechtzeitig auf die Spur. Aber Berger hat alles einkalkuliert. Er hält noch einen unüberbietbaren Trumpf in der Hand.

«Ein richtiger Knüller»
New York Times

ein Ullstein Buch

Ullstein Krimis

»Bestechen durch ihre Vielfalt«
(Westfälische Rundschau)

Erle Stanley Gardner
Perry Mason und der letzte Brief
(1888)

Alfred Hitchcocks
Kriminalmagazin Band 95 (1889)

Ed McBain
Würger an Bord (1890)

Ellery Queen
Der Gegenspieler (1891)

Michael Butterworth
Mit Leichen spielt man nicht
(1892)

Nick Carter
Massaker im Weißen Haus (1893)

James Hadley Chase
Bedarf gedeckt (1894)

*Ullstein Kriminalmagazin
Band 33* (1895)

Gregory Mcdonald
Mörder sucht passenden Sündenbock (1896)

John Creasey
Fanfaren des Todes (1897)

Ruth Rendell
Mord ist des Rätsels Lösung
(1898)

Bob Langley
Hetzjagd mit dem Tod (1899)

Carter Brown
Die Sklavin mit den Mandelaugen
(1900)

Alfred Hitchcocks
Kriminalmagazin Band 96 (1901)

James Hadley Chase
Vier Asse auf einmal (1902)

Ellery Queen
Das rächende Dorf (1903)

Michael Butterworth
Grauen unter Zypressen (1904)

Nick Carter
Kein Lösegeld fürs Superhirn
(1905)

Erle Stanley Gardner
Perry Mason und das fliegende Gift (1906)

Alfred Hitchcocks
Kriminalmagazin Band 97 (1907)

Carter Brown
Schwere Last mit leichten Mädchen (1908)

Ted Allbeury
Quadrille mit tödlichem Ausgang
(1909)

John Creasey
Tatort Themse (1910)

Andrew York
Ein Killer in den eigenen Reihen
(1911)

James Hadley Chase
Brillanten für die Bestie
(1912)

Alfred Hitchcocks
Kriminalmagazin Band 98 (1913)

ein Ullstein Buch